Return
Avenger
귀환해서
복수한다

귀환해서 복수한다 1

홍성은 장편소설

초판 1쇄 찍은 날 § 2016년 6월 22일
초판 1쇄 펴낸 날 § 2016년 6월 29일

지은이 § 홍성은
펴낸이 § 서경석

편집책임 § 이지연

펴낸곳 § 도서출판 청어람
등록번호 § 제387-1999-000006호
등록일자 § 1999. 5. 31
어람번호 § 제1-2466호

주소 § 경기도 부천시 원미구 부일로 483번길 40 서경B/D 3F (우) 14640
전화 § 032-656-4452 팩스 § 032-656-4453
http://www.chungeoram.com
E-mail § chungeorambook@daum.net

ISBN 979-11-04-90862-0 04810
ISBN 979-11-04-90861-3 (세트)

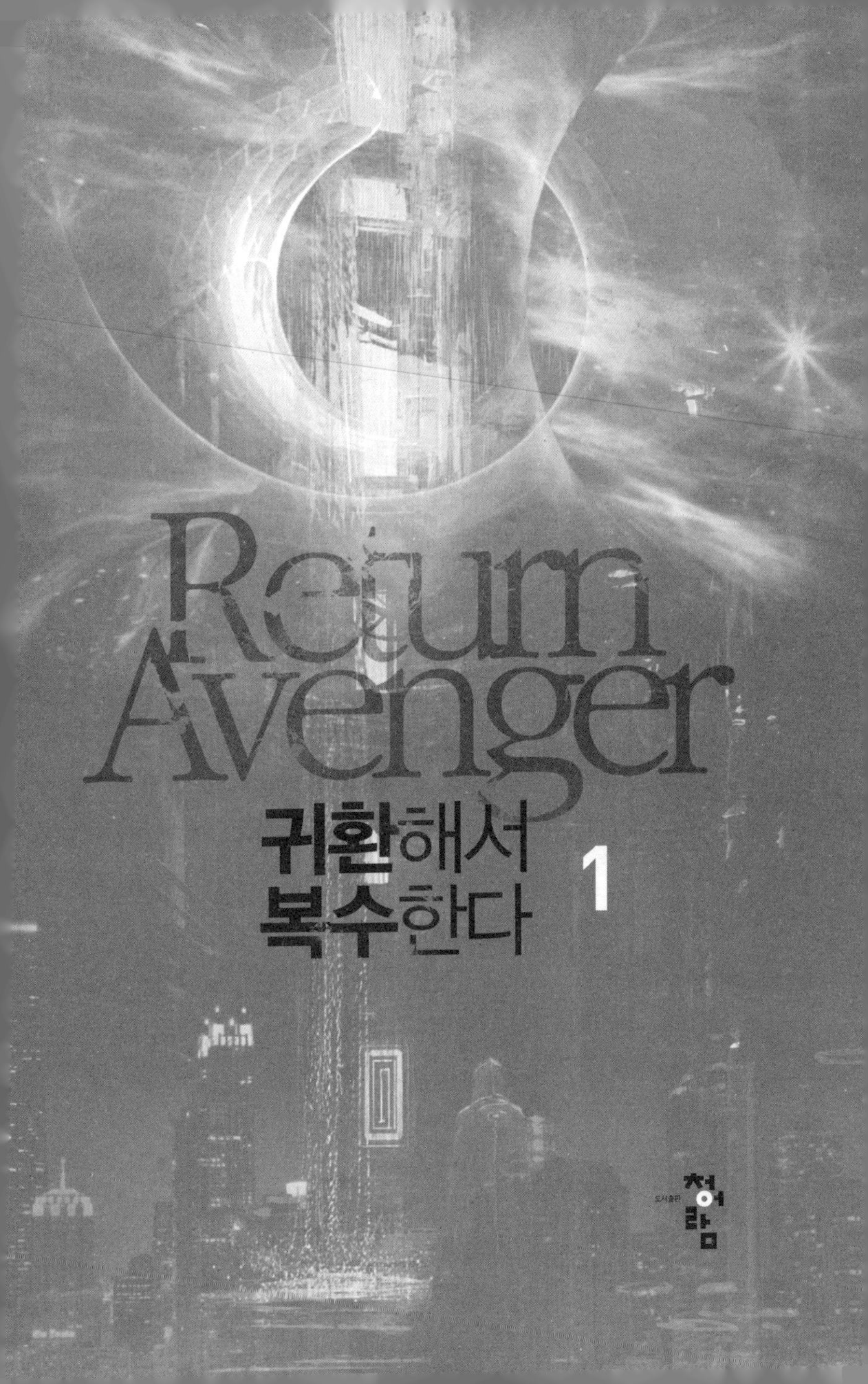
Return Avenger
귀환해서 복수한다
1
도서출판
청어람

C O N T E N T S

Return Avenger

귀환해서 복수한다

1장

귀환

서울시 마포구 중동의 어느 주택가 골목. 새카만 어둠에 깜박거리는 가로등이 간신히 저항하고 있었다.

그때 골목의 한가운데에 덩그러니 자리 잡고 있던 맨홀의 뚜껑이 열렸다.

사람이 나왔다.

검고 묵직한 망토 밑에는 갑옷을 입고, 발에는 카우보이 부츠를 신고, 머리에는 금빛 관을 썼다. 왼손 다섯 손가락 모두에는 반지를 꼈으며, 오른팔에는 팔찌 세 개가 주렁주렁 매달려 있었고, 오른손에는 사슬 장갑을 끼고 있었다.

누가 봐도 과도한 장신구를 차 기괴하다 못해 수상한 그 복장의 화룡점정을 찍는 것은 허리에 찬 칼 두 자루였다. 21세기의 서울에서 칼이라니! 그것도 한 자루는 로마 군단병이나 썼을 법한 글라디우스, 다른 한 자루는 동양식 청동제 도검이었다.

그 정체불명의 남자는 하늘을 올려다보았다. 달이 뜬 서울의 하늘을 갈색의 깊은 눈동자로 한참 동안이나 응시하던 그는 깊은 한숨을 토해내었다.

맨홀에서 완전히 기어 나와 지면에 선 그는 비틀거리며 벽에 몸을 기대었다. 주변을 두리번거리던 그는 다시 한 번 한숨을 토해내더니 외쳤다.

"돌아왔다!"

남자의 이름은 김인수.

그가 서울에, 한국에, 지구에 돌아온 것은 10년 만의 일이었다.

*   *   *

12년 전.

김인수가 좁디좁은 취업 문을 간신히 통과해, 비정규직으로나마 취직에 성공한 해의 일이었다.

당시 고등학생이었던 그의 동생, 인규는 끈질기고 집요한 괴롭힘을 당했다. 처음에 그 괴롭힘의 대상은 인규가 아니었지만, 괴롭힘에 동참하지 않았다는 이유로 타깃이 바뀌었다.

인규는 1년 이상을 견뎠다. 잘 견딘 편이고, 대처도 잘한 편이라고 생각했다.

오히려 그랬기 때문에 가족의 대처가 늦었다.

어머니는 인규의 일을 뒤늦게 눈치챘다. 어머니도 직장에 다니고 있었기 때문에 늦게 눈치챈 건 어쩔 수 없는 일이었지만, 그것에 대해 심하게 자책감을 느꼈다. 인규 본인도 잘 숨겨오다 들킨 것에 대해 크게 낙담하고 부끄러워했다.

어머니는 그 일을 즉각 공론화하고 문제 해결에 나섰다. 인규를 괴롭혔던 주동자는 박기범, 김전훈, 오원추라는 놈들이었다. 그중에서 가장 주도적이고 악랄한 놈이 박기범이었다. 학교 측은 재발 방지를 약속하고, 박기범에게는 사흘간의 정학 처분을 내렸다.

그것으로 문제는 해결된 것으로 보였다. 하지만 아니었다. 박기범의 부모가 바로 다음 날 학교에 나타나서 항의했다.

결국 학교는 박기범의 정학을 철회했다. 박기범이 반성도 했을 테니 이걸로 이야기를 끝내자는 뜻이었다.

결론부터 말하자면 박기범은 반성하지 않았다. 바로 그날,

인규의 갈비뼈가 부러졌다. 어머니는 박기범을 폭행죄로 신고했고, 박기범은 소년 법원에 섰다.

일이 이상해지기 시작한 건 이때부터였다. 소년 법원은 박기범에게 무죄를 선고했다. 피해자 본인인 인규의 증언은 무시당했고, 인규가 혼자 넘어져서 갈비뼈가 부러진 것으로 결론 났다.

어머니는 당연히 항의했다. 하지만 그런 어머니에게 협박 전화가 걸려왔다.

"조용히 하지 않으면 큰일 날 줄 아시오."

전화의 내용은 그게 전부였다. 목소리는 변조되었으며, 통화 기록은 남지도 않았다.

하지만 어머니는 조용히 있지 않았다. 이 이상한 사건을 즉각 언론에 제보했다. 협박 전화 녹취 기록도 당연히 남겨서 함께 제보했다.

그러나 대부분의 언론이 이 사건의 보도를 거부하고, 작은 인터넷 신문에만 어떻게든 기사를 낼 수 있었다. 그럼에도 불구하고 이 사건은 그럭저럭 화제가 되었고, 사람들의 입에 오르내리기 시작했다. 인터넷 게시판에 기사가 퍼 날라지기 시작했고, 박기범이나 김진훈 등의 이름도 댓글로 올라왔다.

그런데 바로 다음 날, 기사는 사라졌고 연예인의 가십 기사가 그 자리를 대신했다.

그리고 그 다음 날, 어머니는 돌아가셨다. 교통사고였다. 범인은 뺑소니쳤고 결국 잡히지 않았다. 사용한 차량은 대포차였고, 사고 현장에 브레이크 자국 같은 건 보이지 않았다. 어머니의 죽음을 다룬 언론은 존재하지 않았다.

뭔가가 크게 잘못되었다. 김인수가 그렇게 느낀 건 그날이었다.

인규는 심하게 자책했다. 어머니가 자기 때문에 돌아가셨다고 생각하는 듯했다. 김인수와 아버지는 그렇지 않다고 인규를 설득했지만, 결국 그날 밤, 인규는 목을 매었다. 집단 괴롭힘에도 견디던 아이가, 어머니의 죽음은 견디지 못하고 스스로의 목숨을 끊은 것이다.

며칠 후, 전화가 걸려왔다. 아내와 아들의 초상을 같이 치러야 했던 남자가 그 전화를 받았다.

"조용히 사시오."

아버지는 어머니가 받았던 그 전화와 같은 인물이 건 전화라는 걸 직감적으로 느꼈다. 어머니와 달리 아버지는 조용히 했다. 하지만 그 누구도 모르게 아내와 아들의 원수에 대해 수면 밑에서 조사를 시작했다.

그리고 아버지는 정답에 근접했다. 그런데 예상과는 딴판으로 박기범이나 김전훈, 오원추와는 관계가 없는 인물이 튀어

나왔다. 그 이름은 진가규, WF 그룹 부회장이었다. 그는 박기범의 동급생인 진현우의 할아버지이기도 했다.

"인수야, 네 엄마는 살해당한 거야."

그것이 아버지의 유언이 되고 말았다. 결국 아버지도 돌아가셨다.

아버지는 차가 없었지만 렌터카 안에서 연탄을 피웠다는 보도가 나왔다. 기사에서 자살 이유는 생활고를 견디지 못해서, 라고 적고 있었다. 인터넷 기사에 달린 댓글에서는 김인수의 아버지를 씹어대었다. 왜 렌터카에서 자살하냐, 민폐 아니냐, 개념이 없어서 저런다, 그런 소릴 지껄여 대었다. 마치 보란듯이.

아버지는 살해당했다. 자살당했다는 표현이 더욱 적절할지도 모른다. 어머니와 마찬가지로. 김인수는 직감적으로 알아챘다.

며칠 후, 전화가 또 걸려왔다.

"쉿."

침묵을 강요하는 그 전화는 이제 더 이상 길지 않았다.

상대는 너무나도 거대했다. 그들에게는 거대한 자본이 있었으며, 이 나라에서 자본은 곧 힘이었다. 국가는 그들을 편들었으며, 그렇기에 그들은 법으로 처벌할 수 없는 상대였다.

그에 비해 김인수는 무력하기 그지없었다. 그는 비정규직이었다. 내년에 당장 직장을 잃을지도 모르는 형편이었다. 집안에는 돈이 없었다. 학연이나 지연에 기댈 구석도 없었다.

철저하게 무방비한 그는 그저 유린당하는 한 마리 초식동물이나 다름없었다. 사바나에서 어머니가, 아버지가, 동생이 잡아먹혀도 나는 살아남았다는 생각에 안도하며 그 자리에서 풀을 뜯는 한 마리의 영양과 다를 바가 없었다.

무기력하게 일상을 보내고 있던 김인수에게도 어느 날 사건이 일어났다.

납치당했다.

"미안하구만, 청년. 조용히 살고 있는데 말이야."

불구대천의 원수, 진가규의 얼굴을 직접 보는 것은 그날이 처음이었다.

"역시 일은 깔끔하게 처리해야지. 자네만 살려둔다는 건 영 찜찜해서…… 아주 만약에 말이야, 자네가 출세라도 하면 일이 꼬이니 말일세. 물론 출세를 못 하게 막으면 되는 일이긴 하지만 자네한테 계속 신경 쓰기도 피곤한 일 아니겠는가?"

"저, 저도 죽일 겁니까?!"

그때, 자신의 입에서 터져 나온 말을 김인수는 아직도 기억한다. 겁에 질린 비굴한 짐승. 그게 자신이었다고 그는 그때 깨달았다.

"아니, 자네 어머니와 아버지를 처리하고 그 뒤를 무마시키는 데 꽤 돈을 써서. 너무 지출이 많아지는 건 좋지 않지. 아무리 부자라도 절약할 필요는 있는 법이라네. 게다가… 자네에게는 특별히 시키고 싶은 일이 있네."

진가규는 이빨을 드러내며 웃었다.

"실험에 동참해 주게나."

김인수는 그날 차원 균열이라는 것을 처음 보았다. 싱크홀이 수직으로 서 있는 것 같다는 표현이 적절할까. 입을 쩍 벌린 그 구멍 속은 끝없이 이어진 것만 같았다.

들어가면 죽는다고 김인수는 직감했다. 그리고 진가규가 그걸 바라고 있을 거라는 것 또한.

"저 문 너머에 뭐가 있는지는 아무도 모르네. 안에 가서 뭐가 있는지 보고 돌아오면 좀 알려주게. 뭐… 못 돌아올 가능성이 더 클 테지만 말일세."

살려주십시오, 하고 김인수는 빌었다. 진가규는 웃으면서 고개를 저었다. 무기력한 초식동물에 불과한 그는 육식동물에 의해 차원 균열 너머로 던져졌다.

"음, 역시 못 돌아오는군."

진가규는 김인수의 허리에 매어둔 로프가 절단되었음을 확인하고 고개를 끄덕였다.

만족스럽게.

＊　　　＊　　　＊

　차원 균열의 안은 어두웠다.

　좌우, 위아래도 알아볼 수 없을 정도로 어두운 그 공간에
서 김인수는 다수의 기척을 느꼈다. 인기척은 아니었다. 또한
그 기척들은 도저히 호의적이라고 여길 수 없었다.

　잡아먹힌다.

　그의 본능이 그렇게 부르짖고 있었다. 기척의 주인들에게서
뿜어져 나오는 안광, 그것은 분명 사냥감을 노리는 짐승의 눈
빛이었다.

　이대로 있으면 죽는다!

　하지만 그의 몸은 얼어붙어 움직일 줄을 몰랐다. 그 대신
이라고 해야 할까, 아니면 그가 움직이지 못하는 것을 보고서
그런 것이라고 해야 할까.

　기척들이 조금씩 가까워지고 있었다. 다가오고 있었다!

　절체절명의 위기. 그는 이 이상 없을 정도의 궁지에 몰렸다.

　그때였다.

　[힘을 원하는가.]

　그 목소리는 그가 모르는 언어로 발음되었지만, 이상하게도
그 의미를 알 수 있었다. 그는 그게 언어조차, 목소리조차 아

님을 나중에 알았다. 그에게 그 목소리는 구원자의 것처럼 들렸다. 강렬한 마력과 설득력을 띤 그 목소리에, 그는 당장에라도 고개를 끄덕이고 싶었다.

[힘을 원한다면 계약하라!]

계약.

그 단어가 그로 하여금 정신을 차리게 했다. 계약은 양자 간에 이뤄지는 것. 한쪽에서 다른 쪽에 뭔가를 일방적으로 베푸는 데 계약이라고 하지는 않는다.

'즉, 이 목소리는 내게 원하는 것이 있다.'

섣불리 잘못 계약하면 이 목소리가 그것을 홀랑 집어먹을 것이다. 그리고 그것은 그의 생명일 수도 있었다.

"내, 내게서 원하는 게 뭐지?"

떨리는 목소리로 그는 물었다. 그렇게 물을 수 있었던 건 기적과도 같았다.

[네 존재.]

만약 그냥 고개를 끄덕였다면 그는 그 자신의 존재 그 자체를 잃었으리라는 것을 그제야 알았다. 소름 돋는 제안이었다.

"안 돼. 다른 것을……."

[네가 대가로서 합당하다고 생각하는 것을 바쳐라.]

그러자 목소리는 다른 소리를 했다.

[그리하면 원하는 힘을 주리라.]

냉정하게 생각할 시간이 없었다. 기척들은 점점 가까워지고 있었다.

그는 지금 당장에라도 죽을 수 있었다.

그는 자신이 원하는 힘과 그 대신 내놓을 대가를 머릿속으로 그렸지만, 그것을 제대로 언어화할 수는 없었다. 날카로운 이빨이 그를 노리고 있었다. 파박, 하는 소리와 함께 그것이 달려들었다. 정체를 알 수 없는 그것이 마수였음을 그가 알게 되기까지는 시간이 조금 더 필요했다.

"계약하겠, 다!!"

어떤 식으로 대가를 내놓고 어떤 힘을 받겠다고는 말하지 못했지만 상관없었다. 계약하겠다고 외친 이상, 계약은 그가 생각한 대로 맺어졌다.

그렇게 그는 힘을 얻었고, 대가를 내놓았다.

그가 바친 대가란 그의 전 재산.

사실 전 재산이라고 해봐야 통장에 남은 그의 월급 34만 원과 지갑의 3만 원, 중고차와 그가 자리를 비우고 있는 동안 녹아 없어질 월세 집의 보증금 정도였다.

그는 이 정도면 나름 약삭빠르게 대처했다고 생각했지만, 계약이 이루어지자 일단 지갑이 없어졌다. 지갑에 있던 가족사진과 함께. 의외의 타격이었다.

그 대가로 얻은 그의 능력은 대단히 약했다. 그가 내놓은 것이 적었다. 그렇기 때문에 능력이 약한 것에 불만을 품을 수는 없었다. 만약 계약하지 않았더라면 그는 그 자리에서 마수들에게 온몸을 뜯어 먹히며 극도의 고통과 공포 속에 절명했으리라.

그렇게 김인수는 그의 목숨을 노리고 달려드는 마수들을 어찌어찌 따돌리고 살아남아 차원 균열 안의 공간을 통과하는 데 성공했다.

그러나 살아남았다고 기뻐하기에는 아직 조금 일렀다.

차원 균열 너머의 세계는 김인수가 살던 세계가 아닌 완전히 다른 세계였다.

처음에는 자신이 들어온 곳이 다른 세계인 줄도 몰랐다. 그러나 돌아갈 길은 막혔고, 눈앞에는 끝없는 사막이 펼쳐져 있었다.

마수들이 득시글대는 동굴로 다시 돌아갈 수는 없었기에 그는 동굴 밖으로 빠져나와야 했다.

그는 그저 살기 위해 걸었다. 평범한 한국인인 그에게는 지나치게 가혹한 환경이었다. 뜨거운 모래가 그의 발을 태웠고, 뙤약볕을 피할 곳은 없었다. 곧 한계에 도달한 그는 쓰러지고 말았다.

그대로 사막의 미라가 되어 죽었어야 할 그의 목숨을 살린 것은 한 무리의 카라반이었다.

그런데 그 카라반 무리에 인간은 없었다. 얼굴 전체가 비늘로 덮인, 두 발로 걷는 도마뱀들의 모습에 그는 소스라치게 놀랐다.

도마뱀들은 결코 호의로 그를 구한 것은 아니었다. 이 세계에서 특이한 생명체였던 그는 사막의 제왕에게 선물로 바쳐졌고, 제왕은 그를 제물로 삼았다.

바로 차원 균열에 바치기 위한 제물이었다.

이 도마뱀 인간들에게도 차원 균열은 위협적인 존재인 듯했다. 차원 균열은 주기적으로 혹은 기습적으로 마수들을 토해내고 있었다. 사막의 제왕은 제물을 차원 균열 안에 밀어 넣으면 마수가 덜 나올 것이라고 생각했다.

간신히 차원 균열을 통과해 온 김인수의 입장에서는 어이없는 처사였지만, 어쩔 수 없었다. 이 시절의 그는 오로지 살아남기만을 위해서 몸부림치고 있었다. 계약으로 얻은 작은 힘이 그나마 그의 버팀목이 되었다.

그는 필사적으로 싸웠고 살아남았다. 그는 어찌어찌 차원 균열을 닫는 데 성공했고, 그 보상으로 더 큰 힘을 얻었다.

제왕은 흡족해하며 그를 다음 차원 균열에 밀어 넣었다. 그리고 그는 다시 싸워야 했다. 그 싸움 속에서 목숨이 위험한 순간은 한두 번이 아니었다. 싸움에 지쳐서 적에게 자신의 목을 내주고 싶었던 적이 더욱 많았다.

그러나 그는 이를 악물고 싸웠다.

"반드시 돌아가겠어!"

그에게는 할 일이 있었다. 지구에 돌아가서 반드시 해야만 하는 일이 있었다.

"돌아가면 꼭 복수하겠어!!"

목숨을 버려서라도.

김인수는 맹세했다.

복수에 버릴 목숨이다. 이런 곳에서 버릴 수야 없었다.

그것이 그의 강렬한 동기가 되었다.

원수 앞에서 목숨을 빈 적조차 있는 김인수다. 못할 게 뭐가 있겠는가?

살아남기 위해 뭐든지 했다.

처음 그는 사막의 제왕이 부리는 노예로서 시작했지만, 굴욕과 수치를 견디고 살아남아 적들을 구슬리고, 세력을 모으고, 힘을 쌓아 강해졌다.

이윽고 그의 힘은 시골의 야만인 집단에서 제왕을 자칭하고 있었던 머저리를 능가하기에 이르렀다. 그 자칭 사막의 제왕은 딱히 김인수의 보복에 의해 죽은 것은 아니지만, 자신이 판 함정에 스스로 걸려들었다고 밖에 할 말이 없는 방식으로 죽고 말았다.

그렇게 그는 차기 '자칭 사막의 제왕'이 되었다.

하지만 싸움은 아직 끝나지 않았다. 새롭게 발돋움하는 세력은 주변의 견제를 받게 마련이다. 몰려오는 적들을 물리치고, 그에게 손을 내미는 자들의 손을 맞잡으며 동맹을 늘리고 적을 줄여 나갔다.

그렇게 세력을 규합하고 대내외의 관계를 정리한 김인수는 폐허가 된 북부 지역의 마수들을 전부 토벌해 내고 차원 균열을 완전히 닫아 이 세계의 위기를 완전히 종결시켰다.

그 과정에서 김인수는 차원 균열을 닫는 전문 조직인 '어스름'의 수장이자 마법사 교육기관인 '상아탑'의 현자로서 남부 제국마저도 무시할 수 없는 존재로 성장했다.

정신을 차리고 보니 그는 세계를 구원한 대마법사라는 칭호를 손에 넣었다. 서부 고원의 무뢰한들인 하이랜더들과 동부 도시국가 연합의 왕과 귀족들은 그에게 경의를 바쳤다.

그렇게 누구나가 인정하는 세계의 영웅이 된 그는 자신의 능력과 인맥을 모두 동원해 지구로 돌아갈 방법을 강구했다.

그리고 마침내 지구로 돌아갈 방법을 손에 넣었다.

자아, 마지막 선택이 남았다. 이 세계에서 부와 명예, 권력을 구가하며 사느냐, 아니면 지구로 돌아가느냐. 그 두 가지 중, 그는 미련 없이 돌아가는 것을 선택했다.

대마법사로서의 지위와 부, 명예를 모두 버리고 구차하게 외면했던 의무를 다하기 위해서.

　복수를 위해서.

2장

복수의 시작

복수.

그 단어를 떠올렸을 때 가장 먼저 떠오르는 얼굴은 누구의
것인가.

김인수에게 있어서는 진가규였다.

그의 가족들을 죽이고 그마저도 다른 세계로 날려 버린 장
본인.

하지만 아무리 대마법사인 김인수라고 한들 지금 당장 WF
본사로 달려가서 진가규를 죽여 버릴 수는 없었다. 진가규는
10년 전에 이미 차원 균열을 열 수 있는 기술을 보유하고 있

었다. 10년이 지난 지금, 진가규가 어떤 힘을 가지고 있을지 김인수는 모른다.

지금 당장 필요한 것은 정보였다. 김인수는 오늘이 지구 시간으로 몇 년, 몇 월, 며칠, 몇 시인지조차 모른다. 그가 이계에서 관측한 데이터로는 이계와 지구의 시간 흐름은 크게 차이가 나진 않았다. 하지만 다소의 오차는 있을 수 있기 때문에 확실하게 해야 했다.

들끓어 오르려는 가슴을 진정시키며, 그는 자신이 할 수 있는 것을 찾았다.

다른 세계에서 10년을 살다 오기는 했지만 지금 자신의 모습이 충분히 수상해 보인다는 건 그도 인지하고 있었다. 일단 경찰에 신고당해 신원을 조회당하는 상황은 피해야 했으니, 평범한 복장으로 갈아입을 필요가 있었다.

하지만 그에겐 옷을 살 돈이 없었다. 동대문에라도 가서 아무거나 집어 입는다면 모를까. 그런데 10년이 지난 지금, 과연 동대문이 남아 있을까? 확신할 수 없었다.

뭘 어떻게 하려고 해도 정보가 필요했다. 그리고 그러려면 최소한의 돈이 필요했다.

그러나 그는 첫 계약으로 전 재산을 바쳤기 때문에, 그에게는 지구의 돈이 없었다. 원은 물론이고 달러나 위안이나 파운드도.

김인수는 어느 정도 환금성이 있는 귀금속을 들고 오기는 했다. 하지만 한국에서 귀금속을 환전하기 위해서는 신원이 필요했다.

김인수는 10년이나 이 세계에서 모습을 감춘 인간이다. 당연히 행방불명 처리가 되어 있을 터였다. 어쩌면 사망 처리가 되었을 수도 있었다. 섣불리 귀금속을 처분할 수는 없었다.

"참……."

주머니에는 황금과 보석이 가득한데 서울에서는 실질적으로 무일푼이라니. 이 정도쯤 되니 차라리 헛웃음이 나왔다.

"하는 수 없군."

그는 그의 오른팔에 걸린 세 개의 팔찌 중 하나에 손을 대었다. 그 고대 유물의 이름은 반지 운반자의 팔찌. 그의 목숨을 지금까지 몇 번이나 구해준 이 팔찌는 그를 본 사람들이 무의식중에 그에게 집중하지 못하게 만든다.

이상한 복장을 하고 있는 그이지만, 팔찌의 능력이 켜져 있는 동안은 그를 보고도 이상하다고 느끼지 못할 터였다. 일종의 인식 장애를 일으키는 물건이라고 할 수 있었다.

비록 일정 이상의 능력을 가진 차원 능력자나 마수에게는 통하지 않는다는 단점이 있지만, 그런 차원 능력자나 마수가 접근하면 그가 알아채지 못할 가능성은 희박하므로 별문제는 없었다.

"문제는 CCTV 같은 거로군."

저쪽 세계에도 영상을 기록하는 장비 같은 건 있었고, 이 팔찌의 능력은 그 장비에도 영향을 미쳤지만, 지구의 디지털 매체에도 통할지는 실험해 봐야 알 수 있게 될 터였다.

그 상태로 그는 바로 PC방으로 향했다.

어쨌든 지금 가장 효율적으로 정보를 얻기 위한 방법은 역시 인터넷이었다. 이 상황에서 휴대폰이나 컴퓨터를 살 수는 없으니 다른 선택지가 없었다.

그가 없는 10년 새 PC방이라는 것 자체가 사라졌으면 어쩌나 고민했지만, 다행히 PC방은 10년이 지난 지금도 망하지 않은 채 영업 중이었다.

"자리 하나 줘요."

"여기요."

아르바이트생은 김인수를 보고도 이상하게 여기지 않은 채, 그의 질문에 대답했다.

단순한 투명화 마법이나 기척을 지우는 기술과 인식 장애가 다른 결정적인 이유였다. 아르바이트생은 김인수를 보고 '그냥 손님'이라고 인식하고 있을 터였다. 나중에 김인수의 얼굴이나 복장을 기억해 내려 해도 떠올리지 못하고 곧 왜 기억해 내야 하는지도 잊어버릴 것이다.

자리를 받은 그는 바로 CCTV 화면부터 확인했다. 카운터에 몸을 슥 내미는 그를 PC방 아르바이트생은 그리 이상하게 여기지 못했다. CCTV에는 그의 모습이 아예 비치지 않았다. 팔찌의 능력은 지구의 디지털 장비에도 통용되는 모양이었다.

'한시름 놨군.'

영상이라도 찍혀서 인터넷에 나돌면 그로서도 골치 아플 수 있었으니, 이 능력을 확인해 두는 건 그에게 반드시 필요한 일이었다.

PC방 요금은 그냥 아르바이트생의 주머니에 금화나 하나 찔러 넣어주기로 마음먹었다. PC방료 치고는 좀 세지만, 그가 나간 후 계산이 빌 테니 아르바이트생이 곤혹스러워할 가능성이 대단히 높았다. 그에 대한 위자료 정도면 대강 계산이 맞으리라.

자리를 받아 컴퓨터 앞에 앉은 그는 시계를 확인했다.

"…2025년 5월 15일."

그가 다른 세계에서 보낸 10년 동안, 지구에서도 10년이 지나 있었다. 그만큼 많은 것이 바뀌어 있으리라.

복잡한 심경에 그는 한숨을 푹 내쉬며 인터넷 브라우저를 열었다. 운영체제도 달라지고 브라우저도 바뀌어 적응하기 힘들었지만, 떠듬떠듬 정보를 조금씩 검색하기 시작했다.

가장 먼저 검색한 것은 당연히 진가규였다.

10년 전에 부사장이었던 그 남자는 지금 WF의 회장이 된 모양이었다. 그리고 WF는 진가규의 리더십으로 사상 최대의 흑자를 기록하고 있다는 뉴스도 나왔다. 김인수는 불쾌해하면서도 뭐 하나 건질 게 없을까 기사를 자세히 읽기 시작했다.

그 기사에서 가장 먼저 눈에 들어온 단어는 '차원 균열'이었다. 그 단어를 본 김인수는 움찔 놀랐지만, 그는 홀리기라도 한 듯 뉴스를 읽어 제치기 시작했다.

까드드득.

김인수의 이가 갈렸다. 기사의 내용이 그럴 만했기 때문이었다. 기사는 최근 WF가 급성장한 이유를 늘어놓고 있었는데, 거기에 이런 내용이 있었다.

어보미네이션의 시체는 산업적으로 유용해서 말입니다. 21세기의 석유라고 해도 과언이 아닙니다. 원자력에 이은 제4의 에너지 혁명이라고 불러도 되겠지요.

8년 전에 쏟아져 나온 어보미네이션의 시체를 폐기 처분하기 위해 소각로에 넣는데, 그 시체가 엄청난 열을 발생시키더군요. 처음에는 그 부작용을 염려해 산업용으로 전용하는 걸 금지시켰습니다만, 이제는 법이 개정되어서 사기업에서도 연료로 사용할 수 있게 되었습니다. 저희 WF에서도 어보미네이션의 부산물로 돌아가는 발전소를 소유하고 있습니다.

WF 측의 인터뷰 내용이다. 김인수는 어보미네이션이 뭔지 자세히는 모르지만, 그것이 차원 균열을 통해 쏟아져 나온 차원 마수를 지칭한다는 건 문맥적으로 유추할 수 있었다.

10년 전만 해도 전력 사업은 국가 기간산업으로 공기업이 전담하고 있었는데, 아무래도 지금은 그렇지 않은 모양이었다. 아마도 WF를 비롯한 대기업들의 로비가 이룬 성과일 터였다.

물론 김인수가 이를 간 건 그런 이유 때문이 아니었다.

이 기사에서 지구에 차원 균열이 열린 것은 8년 전이라 기술하고 있었다. 하지만 그는 10년 전에 지구에서 차원 균열을 보았다. 아니, 본 것일 뿐이면 아무렇지도 않았을지도 모른다. 김인수는 진가규의 연구실에서 그의 부하들에 의해 차원 균열 너머로 던져졌었다!

2017년 1월 13일 금요일, 대한민국 경기도 파주시. 수천의 괴물이 차원 균열을 통해 튀어나왔다. 대한민국 육군은 용감히 싸웠고, 주한 미군은 결국 지상에 튀어나온 괴물들의 격멸에 성공했다.

하지만 차원 균열은 아직 열린 채였고, 미국 대통령은 한국 정부의 반대를 묵살하고 인류의 번영과 안전을 위해 핵미사일 발사를 승인했다. 차원 균열 안으로 핵미사일은 정확하게 빨려 들어갔다.

그럼에도 불구하고 2025년 5월 15일.

차원 균열은 아직 열린 채이다.

10년이 지난 지금까지도 성업 중인 인터넷 영상 사이트 유튜브에서 가장 많은 조회수를 기록한, 차원 균열에 대한 다큐멘터리 영상의 서두를 장식하는 글귀였다.

그가 끌려갔었던 차원 균열의 위치는 파주. 그리고 8년 전에 지구에 재앙을 일으켰다는 차원 균열의 위치도 파주. 마지막으로 WF가 파주의 차원 균열에서 나온 어보미네이션 시체로 발전기를 돌려 큰 수익을 거두었다는 이 뉴스.

차원 균열로 인해 한국은, 아니, 이 행성은 큰 타격을 입었다. 그런데 이 재앙으로 말미암아 한국 10대 기업에 꼽히지도 않던 WF가 지금은 최고의 자리에 우뚝 섰다.

진가규 본인이 모든 것을 의도하고 이 세계에 재앙을 초래했다는 건 지나친 억측일지도 모른다. 그렇다 하더라도 김인수가 이 영상을 보고 이를 갈기에는 충분한 이유가 존재했다. 이 다큐멘터리의 결론이 다음과 같았기 때문이다.

차원 균열은 한국에 번영을 가져다주었다. 자원이 없던 이 나라에 자원의 화수분과도 같은 존재가 되었다. 아니, 이것은 비단 한국만의 번영을 가리키는 것만은 아니다. 자원 고갈의 불안에 시달리던 지구인 모두에게 차원 균열은 이제는 없어서는 안 될 존재가 되었는지도 모른다.

"지랄하네."

30분가량의 다큐멘터리 영상 가장 마지막을 장식하는 코멘트를 들은 김인수의 입에서 욕설이 흘러나왔다. 이세계에서 차원 붕괴를 막기 위해 동분서주해야 했던 김인수의 입장에서는 저절로 욕이 터져 나오는 논리가 아닐 수가 없었다.

다큐멘터리 제작 스폰서 리스트에 WF가 떡하니 올라와 있는 걸 보며, 김인수는 차라리 전율했다.

차원 균열은 다른 차원과 연결된 세계의 균열로, 오래 방치하면 당연히 차원이 기울어진다. 차원 균열이 열린 지 8년밖에 지나지 않아 지구의 인류는 아직 그 사실을 깨닫지 못하고 있을지도 모른다.

그러나… 김인수는 곧장 화산, 지진, 해일의 검색어로 다시 검색했다. 10년 전에 비해 빈도가 부쩍 늘어나고, 또 시간이 지날수록 규모가 커진 자연재해에 대한 우려의 목소리가 이미 나오고 있었다.

그러나 각 포털 사이트에 우선 검색되는 건 차원 균열의 유용성을 주창하는 목소리였지, 외국의 자연재해에는 지구인들은 별 관심이 없어 보였다.

'아니, 아니지.'

김인수는 자신의 어머니가 교통사고로 죽었을 때, 그리고 아버지가 자살로 위장되어 살해당했을 때의 일을 반추했다. WF는 10년 전에도 언론을 마음대로 다루던 회사였다. 지금도 그러지 않을 것이라고 누가 장담하겠는가? 지금의 WF는 한국을 대표하는 최고 기업이자 세계적인 기업으로 성장했으니, 전 지구적으로 그런 행동을 한다고 봐도 별로 이상하지는 않았다.

미간을 찌푸린 채 욕설을 중얼거리던 김인수는 정보 검색을 계속했다. 자신이 있던 세계의 차원 균열과 지구의 차원 균열이 얼마나 다르고 같은지 알아야 했기 때문이었다. 복수를 위해서든, 지구를 구하기 위해서든 반드시 정보는 필요했다.

수 시간에 걸쳐 면밀한 검색 후에, 그가 얻은 결론은 다음과 같았다. 그가 아는 차원 균열과 지구에 열린 차원 균열은 완전히 같다. 즉, 그가 다른 세계에서 얻은 차원 균열에 대한 지식을 지구의 차원 균열에도 활용할 수 있다는 의미였다.

"그나마 다행이네."

김인수는 PC방의 낡은 의자에 몸을 푹 파묻으며 안도의 한숨을 내쉬었다.

그는 차원 균열을 이용하는 법을 안다. 비록 죽을 고생을 하긴 했지만, 그 또한 차원 균열에서 힘과 이득을 얻고 세력을 규합해 낸 인물 중 하나였다. 그리고 이 세계에서도 똑같은 일을 할 수도 있을 터였다.

그럼에도 불구하고 역시 진가규에게 바로 복수를 하러 가기에는 지나치게 부담스럽다. 무엇보다 정보가 부족했다.

차원 균열이 있다는 건 차원 능력자도 있을 수 있다는 것. 아무리 김인수가 대마법사라 한들, 지구에도 대마법사가 있고 진가규에게 매수되어 있을 가능성을 완전히 배제할 수는 없었다.

정보의 바다라는 인터넷이라지만 가치 있는 정보를 얻는 것은 힘들다. 가치 있는 걸 얻기 위해서는 돈과 시간, 그리고 노력이 필요하다는 건 만고의 진리이다.

역시 진가규에 대한 복수는 뒤로 미루자. 힘과 금력과 인맥을 얻은 뒤에, 정확한 정보를 얻고 완벽히 찍어 누를 수 있을 때 비로소 실행해도 늦지 않았다. 게다가 그가 복수해야 할 대상은 진가규뿐만은 아니었다.

"개인 정보 같은 게 인터넷에 떠 있으려나?"

혼잣말과 함께 그는 진가규 다음으로 뇌리에 가장 먼저 떠오른 이름을 검색창에 치고 엔터키를 눌렀다.

"빙… 고."

그의 입가가 비릿하게 일그러졌다.

"이사는 안 갔군."

10년이 지난 지금도 여전히 페이스북은 유튜브와 마찬가지로 성업하고 있었다. 그리고 그의 원수도 페이스북에다 온갖 허세에 가득 찬 사진과 글을 올리고 있었다. 그것이 적에게 스스로의 정보를 노출시키는 어리석은 짓이라고는 생각지도 못한 채.

하기야, 생각이 있는 놈이라면 쉽게 타인의 원한을 사려 들지도 않을 터였다. 그리고 이 녀석은, 이 새끼는 생각이란 게 있는 놈이 아니었다.

김인수는 모니터에 손가락을 짚었다.

"첫 타자는 너로 정했다."

그의 손끝은 처음 검색한 녀석의 이름을 가리키고 있었다.

박기범.

가장 직접적으로 김인수의 동생, 김인규에게 상해를 가한 원수의 이름. 그리고 김인수 일가의 모든 불행에 단초를 제공한 인물.

이놈만큼은 반드시 죽여야 했다.

*   *   *

10년.

긴 세월이다. 인간 하나가 바뀌어 버리기에는 충분한 세월.

분명 괴로웠던 학창 시절이 추억으로 바뀌어 반짝반짝 빛났던 것처럼 보이게도 만들 수 있고, 서로 매일 이를 갈며 지냈던 사이도 '오랜만에 본다, 잘 지냈어?' 라고 말할 수 있게 만드는 세월이다.

그러나 10년이 지나도 바뀌지 않는 것이 있다.

"복수는 식을수록 맛있는 요리라더군."

김인수는 이빨을 드러내며 웃었다.

"10년이면 충분히 식고도 남지."

저벅저벅. 김인수는 걸었다. 상대는 두려움에 찬 눈초리로 김인수를 올려다보았다.

그 이름은 박기범. 김인수의 동생인 김인규를 괴롭힌 집단의 주범이었다.

서울 시내에 이렇게 훌륭한 단독주택을 갖고 있는 것만으로도 알 수 있겠지만, 상당히 괜찮은 집안에서 태어난 인간이다. 하지만 아무리 훌륭한 집안이라도 자손의 인성을 결정할 수 없다는 건 만고의 진리인 듯, 박기범은 참 훌륭한 개새끼였다.

"미친 새끼……."

김인수를 향해 욕설이 날아들었다. 그러나 욕설을 날린 대가는 칼이었다.

퍽.

"끄아아아아아악!"

고기 썰리는 소리와 함께 희생양의 비명이 집 안을 가득 채웠다.

"헉, 후욱, 컥……."

한참 동안 비명을 지르다가 숨을 고르는 희생양을 바라보며 김인수는 말했다.

"왜? 더 짖어봐. 너 잘 짖는 놈이었잖아."

김인수는 희생양의 머리 가죽을 붙잡고 억지로 일으켰다.

"뭐라 그랬더라? 10년이나 지나서 잘 기억이 안 나는군."

"이래야 되냐······."

"뭐?"

"10년이나 지난 일 갖고, 이렇게 굴어야 되겠냐고!"

분노와 억울함이 가득 찬, 울음 섞인 외침에 김인수는 다시 한 번 씨익 웃었다.

"억울하냐?"

김인수는 대답을 기다리지 않았다. 대신 박기범의 머리 가죽을 잡은 채 벽에다 한 번 세게 쾅 찧었다.

"그래, 10년 전의 일이 기억나는군. 왜 내 동생을 골랐냐는 말에 넌 이렇게 이빨을 털었었지. '그냥 눈이 마주쳐서, 요'. 그 말을 그대로 돌려주마."

"끅, 흑······."

"그냥 지나가다 니네 집이 보여서 들른 거야. 너 재수 똥 밟았네."

김인수는 히죽히죽 웃었다. 그런 김인수에게 이마에서 피를 쏟으면서 박기범이 다시 한 번 울분에 찬 외침을 토해내었다.

"나, 나는……. 나는 네 동생 장례식에도 갔었다고!"

"어, 그래."

쾅! 다시 한 번 상대의 머리를 벽에다 처박으며.

"왜 왔냐? 왜 그런 손해 보는 장사를 하고 갔어? 왜 내 동생 장례식 명부에다 이름 적고 갔냐? 잊어버리지도 못하게, 어? 박기범이, 부조금은 10원짜리 넣고 갔더라? 밥은 또 오지게 잘 처먹더라. 미성년 새끼가 소주까지 까는 게 아직도 기억나네, 야."

"내, 내가 걜 죽인 건 아니잖아!"

울먹거리며.

"그래, 뭐, 니가 죽인 건 아니지. 동생은 자살했으니까."

김인수의 눈동자가 차갑게 식었다.

"그래서 난 널 죽이지는 않을 거야."

쾅! 또다시 박기범의 얼굴이 벽에 처박혔다.

"그냥 오늘부터 계속 네가 나랑 눈이 마주칠 거 같아. 계속, 계속, 계속, 계속 말이야."

김인수는 텅 빈 눈동자로 말을 잃어버린 놈, 박기범의 머리를 놓고 쾌활한 목소리로 말했다. 그 말을 들은 박기범이 격분해서 짖기 시작했다.

"개새끼야! 미친 새끼야!! 너 이 새끼, 내가 경찰에 신고할 거야! 내, 내가 고소할 거야!!"

"그러냐?"

김인수는 빙글빙글 웃으며 대꾸했다.

"그런데 폭행당했다고 말하려면 증거가, 상처가 있어야 되지 않냐?"

"어?"

다음 순간, 박기범의 찢어진 이마에서 줄줄 흐르던 피가 멈췄다. 칼에 맞아 너덜거리던 허벅지의 상처도 간곳없었다. 마치 김인수에게 폭행당하기 전 상태로, 시계를 되돌린 듯 돌아가 버린 모습에 박기범은 자신이 마법에라도 걸린 건지 의심해야 했다.

그런 박기범의 머리채를 붙잡고, 김인수는 껄껄 웃으며 벽에다 그 얼굴을 쳐발랐다. 순간적으로 사라졌던 고통은 다시 그를 사로잡았다. 지나친 고통에 마비되었던 신경조차도 되살아나 비명을 질러댈 것이다. 김인수는 그걸 잘 안다. 자신도 당했던 고문이었으니까.

이 악취미적인 현상은 그의 왼손 약지에 끼워져 있는 트롤 고문관의 반지라는 아티팩트를 매개로 일어난다. 오로지 무한한 고문만을 위해 만들어진 이 반지는 끼고 있는 사람이 입힌 상해를 없었던 것으로 만드는 능력이 있다. 예를 들어 손톱을 뽑아버리고 이 반지를 쓰면 손톱이 다시 생긴다.

치유 능력 같은 것하고는 거리가 멀어서 반지의 대상이 제 3자에게 입은 상해는 없앨 수 없고, 상해를 입고 죽어버린 대상을 되살릴 수는 없다는 게 단점이었다.

물론 이런 걸 박기범에게 일일이 설명해 줄 김인수는 아니
었다. 그는 그가 해야 할 일을 계속했다. 퍽, 퍽, 퍽, 퍽, 퍽. 박
기범의 피로 박기범네 집의 벽을 피 칠갑으로 만든 후, 김인수
는 문득 손을 멈췄다.

"내가 너무 심했군. 그럼 여기까지 할까?"

김인수는 이마가 찢어지고 콧대가 부러져 엉망진창이 된 박
기범의 얼굴을 측은한 눈초리로 내려다보았다.

"억, 윽, 크억, 억."

박기범의 마음은 완전히 무너져 있었다. 두 눈에서는 눈물
이 뚝뚝 흐르고 있었다. 이미 그의 마음에 김인수에 대한 적
개심은 허물어져 있었고, 베풀어 준 자비심에 대한 감사의 마
음만이 그 심장을 틀어잡고 있을 뿐이었다.

김인수는 피식 웃었다.

"그래, 여기까지 하자."

그가 손가락을 한 번 딱, 하고 튕기자 박기범의 상처는 모
조리 사라져 있었다. 물론 이것도 트롤 고문관 반지의 힘이다.
김인수는 뚜벅뚜벅 걸어서 박기범의 집에서 퇴장했다.

그가 문을 열고, 쾅 닫고, 10초가 지났다. 박기범은 그 자리
에서 무너져 내리며, 그제야 안도의 한숨을 내쉬었다.

그 순간.

쾅!

현관문을 걷어차는 소리가 들렸다. 덜컹, 하고 박기범의 몸이 마치 고압 전류에라도 감전된 듯 흔들렸다.

"복수는 식을수록 맛있는 요리라더군."

처음에는 박기범도 영문을 몰랐다. 그를 바라보며 이빨을 드러내어 웃는 김인수의 표정을 보기 전까지는.

"10년이면 충분히 식고도 남지."

저벅저벅. 자신을 향해 걸어오는 김인수를 보며, 박기범은 소스라치게 놀라 도망치려고 했다. 하지만 퍽, 칼이 내려쳐졌다. 똑같은 부위였다.

끄아아아악!

그는 비명을 내질렀다. 몇 분 전과 똑같이. 그리고 앞으로 무슨 말이 이어질지 그도 안다. 그의 비명이 잦아들 때쯤, 김인수가 말했다.

"왜? 더 짖어봐. 너 잘 짖는 놈이었잖아."

벼락과도 같은 전율이 박기범을 덮쳤다.

'그냥 오늘부터 계속 네가 나랑 눈이 마주칠 거 같아. 계속, 계속, 계속, 계속 말이야.'

몇 분 전에 김인수가 남긴 말이 그의 머릿속을 휘저었다.

처음부터다. 처음부터 다시 시작된 거다. 고통이 다시 박기범을 사로잡았다. 처음부터, 다시.

앞으로 일어날 일을 알고 있기 때문에 오히려 그는 두려움에 휩싸였다.

"사, 살려, 도움!"

도움을 청해야 해. 그는 휴대폰을 꺼내들었다. 지나치게 늦은 판단이었지만, 어쨌든 뒤늦게나마 떠올린 게 다행이었다. 떨리는 손가락으로 몇 번이고 조작을 실패하며 휴대폰의 잠금을 풀고, 그는 통화 버튼을 눌렀다.

경찰, 연결되지 않았다. 119, 연결되지 않았다. 트위터, 와이파이가 터지지 않았다. 페이스북, 데이터 통신도 마찬가지였다.

이 집 안의 공간은 집 밖의 공간과 분리되어 있었다. 차원 단절. 당연히 김인수가 한 짓이다. 이 공간에 일종의 결계를 쳐놓았다. 그의 오른팔에 매달린 팔찌, 인롱의 팔찌라는 아티팩트를 매개로 발생시킨 현상이다.

"어째서, 어째서, 어째서, 어째서!"

그런 걸 알 리 없는 박기범은 휴대폰을 두들기다시피 하다가 내던져 버리고는 짜증과 분노에 휩싸여 외쳤다. 씩씩대던 그는 헉, 하고 문득 정신이 들어 고개를 들었다.

김인수가 그를 들여다보며 웃고 있었다. 싱글싱글.

그 표정을 본 순간, 그의 정신은 완전히 무너져 내렸다.

"어, 엄마! 아빠아!"

어린아이가 부모를 찾듯, 박기범은 필사적으로 울부짖었다.

그 목소리를 들으며 김인수는 픽 웃었다.

"너희 부모님은 세계 일주 여행 갔다면서? 한 달 동안은 안 들어오신다고? 부잣집은 좋겠어."

박기범의 페이스북에 그 자신이 올린 내용이다. 그러나 박기범 본인은 그 사실조차 잊고 순수한 공포에 사로잡혀 실성한 채 소리 질렀다.

"아윽, 어어어어! 우어어어어어!!"

이변이 일어난 것은 그때였다.

[힘을 원하나.]

제3자의 목소리가 들렸다. 흠칫, 김인수는 놀랐다.

[힘을 원하나.]

다시 한 번 들렸다. 김인수뿐만 아니라, 박기범도 반응했다.

아무것도 없는 곳에서 목소리만이 갑자기 들렸다. 분명히 인간이 아닌 존재의 목소리, 일반적이지 않은 존재의 목소리였다. 성대를 통해 흘러나온 육성이 아니라, 뇌리에 직접 울려 퍼지는 그 목소리는 사실 한국어가 아니었다. 그럼에도 불구하고 그 의미는 확실하게 전달될 터였다.

"히, 힘……"

박기범이 더듬거렸다.

[힘을 원하나.]

마치 기계로 돌린 듯한, 똑같은 목소리와 템포, 어조로 이뤄진 반복되는 메시지. 김인수는 그 메시지의 정체를 알고 있다. 김인수도 한 번 들은 적이 있었던 목소리이다.

이 목소리에는 마법이 걸려 있다. 듣는 자를 현혹하고, 무작정 믿게 만드는 마법이. 박기범에게는 이 목소리가 마치 구세주의 목소리와도 같이 들릴 터였다.

김인수는 침묵했다. 아무 말도 하지 않은 채, 박기범이 대답하길 기다렸다.

"원해! 힘을! 이런, 이렇게 당하고만은, 힘을 줘!!"

[계약은 성립되었다.]

동시에 변이가 시작되었다.

*   *   *

김인수는 차원 단절을 끊었다. 이제 더 이상 박기범은 외부에 도움을 청할 수 없게 되었으므로 차원을 단절시켜 둘 필요가 없는 것도 있지만, 단순히 차원력을 절약하기 위한 것도 있었다.

무슨 일이 일어난 건지, 김인수는 아주 잘 알고 있었다.

지금 지구에는 차원 균열이 열려 있었다. 그리고 이 차원 균열은 김인수가 끌려갔던 세계에도 열려 있었다. 차원 균열이 열린 세계에 어떤 일들이 일어나는지에 대해서도 김인수는 파악하고 있었고, 그와 같은 일들이 지구에서도 일어났음을 알게 되었다.

박기범에게 말을 건 것은 최하급 계약마였다. 차원 균열에서 나온 저급한 마수 중 하나이다. 지능은 아주 낮고 실체도 없다. 자기 혼자서는 특별히 특이한 힘을 발휘할 수도 없다.

하지만 궁지에 몰린 인간에게 다가가 힘을 주겠노라고 속삭일 수는 있다. 그리고 대상이 계약을 받아들이면 변이가 시작된다.

짐승으로의 변이가.

이 계약마를 활용하는 방법도 존재했다. 지능이 낮기 때문에 잘 속여먹으면 힘만을 빼먹는 것도 가능하다. 김인수가 처음 그렇게 힘을 얻었다.

하지만 박기범은 그렇게 하지 못했고, 계약마에게 신체를 빼앗기고 영혼을 사로잡힌 채 짐승이 될 수밖에 없었다.

이 짐승은 이제 계약마도, 박기범도 아닌 존재가 되었다.

짐승의 모습은 대단히 역겨웠다. 개가 파충류라면 이런 모습이지 않을까. 그런 상상력을 동원하게 만드는 모습이었다. 이 짐승의 이름은 이제 일반인들에게도 알려져 있을 정도였다. 리자드독. 직관적이라 괜찮은 명칭이라고 생각했다.

박기범이 이렇게 될 가능성은 김인수의 복수 계획에 포함되어 있었다. 물론 박기범이 계약마를 제대로 활용해서 힘을 얻

을 가능성도 있었고, 애소에 세약■기 ᅵᅡ다자지 않앖을 가능
성도 있었다.

그리고 예상 범주 내의 일이 일어났다.

김인수에게는 그뿐인 일이었다. 그러니 그는 계획했던 대로
움직이면 됐다.

"용서하기가 힘들군."

김인수는 나지막한 목소리로 읊조렸다. 눈앞에서 울부짖는
박기범이었던 존재를 무시하고, 김인수의 시선이 스윽 돌아갔
다.

"샤아아아앗!"

그 순간을 빈틈이라고 생각한 건지, 박기범이었던 짐승이
김인수를 덮쳤다. 김인수는 그쪽을 보지도 않고 칼을 휘둘렀
다. 짐승의 목이 떨어졌다.

그럼에도 불구하고 짐승은 아직도 살아 있었다. 떨어져 나
간 목에서 지렁이 같은 것들이 꿈틀거리며 기어 나와 다시 짐
승의 목을 이뤘다. 짐승은 샤아아악, 하고 다시 울부짖었다.

그 끔찍한 광경을 보고도 김인수는 눈 한 번 꿈쩍이지 않
았다.

"몸을 얻어서 좋으냐? 되살아나려고 애를 쓰는 걸 보니 살
아 있는 게 꽤나 좋은 모양이야?"

김인수는 비릿한 웃음을 띠었다.

"후회하게 해주마. 못다 한 내 복수는 네가 받아내야 될 거
다."

"캬아아아악!"

다시 달려드는 짐승의 아가리에 김인수는 칼을 밀어 넣었
다. 칼 손잡이까지 목구멍으로 삼킨 짐승을 보며 김인수는 눈
빛을 번뜩였다. 보통 짐승이라면 이것만으로도 죽을 테지만,
이 정도로 죽지 않을 것을 김인수는 잘 알고 있었다.

이런 짐승 따위, 이미 수천 번도 상대해 봤다.

짐승은 김인수의 칼을 든 손에 이빨을 들이대려고 들었다.
김인수는 미련 없이 칼을 놓았다.

"자아, 한 번 더 뒈져라."

김인수의 손끝이 파랗게 빛났다. 그 직후, 날카로운 섬광이
손끝에서 뻗어나가 짐승을 꿰뚫었다. 뇌전이었다. 매개 같은
건 필요 없는 그의 능력 중 하나였다. 칼을 타고 들어간 뇌전
에 의해 짐승은 속부터 지져졌을 것이다.

"캬오아아악!"

"앞으로 한 번 남았군."

울부짖는 짐승을 내려다보며, 김인수는 별 감흥도 없는 듯
말했다.

"죽어라."

　　　　　*　　　　　*　　　　　*

　김인수는 박기범이었던 짐승을 죽였다.

　"후."

　짧은 숨을 토해낸 김인수는 칼을 허공에 휘둘러 짐승의 피를 털어내었다. 그리고 꼼꼼하게 날을 점검한 후, 칼을 칼집에 갈무리했다. 마치 밥을 다 먹고 설거지를 하듯, 세수를 다 하고 수건으로 얼굴을 닦듯, 지극히 일상적인 행동인 것처럼 익숙하게 움직였다.

　그때였다.

　타타타타타타.

　갑자기 바깥에서 요란한 소리가 들렸다. 헬기의 로터가 내는 소음이었다.

　김인수는 그 소음이 어떤 의미를 가지는지 바로 파악하지 못했다. 하지만 반응은 했다. 그는 자신의 오른팔에 매달린 팔찌를 움켜쥐고 나지막하게 말했다.

　"위상 변화."

　몇 초 후, 와장창하는 소리와 함께 창문이 깨지고 기관단총을 든 특수부대 대원들이 집 안으로 돌입해 김인수를 향해 총구를 내밀었다.

　"손들어! 꼼짝 마!!"

김인수는 순순히 손을 들었다. 그걸 본 대원들은 깜짝 놀랐다.

"손을 드는데요, 대장. 말이 통하는데?"

"이 녀석이 아닌가본데."

특수부대원들은 김인수에게서 총구를 내리고 주변을 두리번거리기 시작했다. 무슨 일이 일어나고 있는지 모른 채, 김인수는 얌전히 손을 든 채 사태를 관망했다.

"대장! 저거!!"

대원 중 하나가 갑자기 호들갑을 떨었다. 그 대원이 든 랜턴이 비춘 것은 김인수가 죽인 짐승의 시체였다.

"나도 봤다. 그래, 믿기는 힘들지만……."

다른 부하로부터 대장이라 불린 자가 김인수를 바라보았다.

"당신이 죽였나?"

김인수는 여전히 손을 든 채 고개를 끄덕였다. 그러자 대장은 흥미로운 듯 눈알을 굴렸다.

"리자드독이 최하급 어보미네이션이라고는 하지만 민간인 한 명한테 죽을 정도로 만만한 녀석은 아닌데. 당신은 누구요?"

자아, 이제 어떻게 할까. 김인수는 입술을 핥았다.

이 한국에서 김인수라는 인물은 10년간 행방불명되었다. 게다가 그 10년 전의 일을 불편해하는 이들은 많다. 그것도 힘을 가진 자가 상당수였고, 그들이 김인수의 존재를 기꺼워

할 것 같지는 않았다. 그러므로 쉽게 이름을 밝혀서 좋을 일
은 없을 것이다.

그래서 그는 이렇게 대답했다.

"박기범이라 합니다. 이 집 아들이죠."

자신의 입에서 나온 목소리는 구역질이 났지만, 참을 만했다.

김인수가 조금 전에 사용한 위상 변화라는 능력은 자신의
모습을 타인으로 바꾸는 효과를 지녔다. 원래대로라면 다른
사람의 인식에서 벗어나는 능력을 주는 반지 운반자의 팔찌
를 매개로, 전혀 다른 능력을 끌어낸 케이스였다. 아티팩트의
기능을 전혀 다른 방식으로 이끌어 낼 수 있는 이러한 능력이
그가 대마법사라 불리는 이유 중 하나이기도 했다.

매개를 사용하는 만큼, 단순한 변장과는 달리 목소리까지
변화시킬 수 있는 그럭저럭 고위의 능력이었다. 그 능력을 사
용한 결과, 지금 김인수는 박기범의 모습을 취하고 있었다.

고작 박기범 하나 처리하고 복수를 끝마칠 생각은 추호도
없었다. 자신의 복수를 계속해서 이어나가기 위해서는 김인수
는 여전히 행방불명된 채로 놔두고 박기범의 모습으로 움직이
는 게 더 나았다.

박기범의 '친구'들도 처분해야 하니 말이다.

대장은 김인수의 차림새를 위아래로 훑어보았다. 평범한 시
민 박기범의 모습이었다.

"보기에는 평범해 보이는데……. 차원 균열이 열린 지도 8년이 지나니 별 인간이 다 나타나는군. 하긴 눈앞에 실적이 있으니 무시할 건 또 아닌 것 같고."

대장은 무슨 생각을 한 건지, 혼자 한 번 고개를 끄덕이고는 아까보다 조금 더 예의를 갖춘 목소리로 이야기를 계속했다.

"그래요, 여기에 당신밖에 없으니 어보미네이션을 죽인 건 당신이라고 알겠습니다. 시체를 인수하고 싶은데, 보상금 지급은 어떻게 받으시겠습니까?"

김인수가 가 있던 다른 세계에서도 괴물의 시체는 꽤 괜찮은 값을 받을 수 있었기에, 그는 대장의 말을 듣고도 놀라지 않았다. 오히려 이건 예상 범위 내의 질문이었기에 김인수는 생각한 대로의 대답을 던질 수 있었다.

"현금 됩니까?"

김인수의 말에 대장은 눈을 휘둥그레 떴다.

"정말 아무것도 모르는군! 이 시체 가격은 800만 원을 호가해요. 그런 돈을 들고 다니는 사람이 어디 있어요?"

"아, 대장! 그런 말을 해버리면 어떻게 합니까?"

옆에서 대화를 훔쳐 듣던 부하가 불만을 터뜨렸다. 그러자 대장은 곧장 부하의 뒤통수를 후려갈기며 말했다.

"멍청아, 이 사람이 어보미네이션을 죽인 거면 어벤저가 될지도 모르잖아. 속여 먹였다가 무슨 일을 당하려고. 세상일

어떻게 될지 모르는 거라고."

그렇게 부하를 혼낸 후, 대장은 곧장 김인수에게 고개를 숙여 보였다.

"죄송합니다. 애가 생각이 얕아서."

"아뇨, 별말씀을. 그래서 현금 안 됩니까?"

*   *   *

김인수가 굳이 현금 지불을 고집한 건 박기범의 계좌로 송금을 받았다간 돈을 허공에 버리는 거나 마찬가지였기 때문이었다.

김인수는 당연히 박기범의 통장 비밀번호를 모른다. 박기범은 어보미네이션이 되어 죽었으니 비밀번호를 알아낼 방법이 없다. 그럼 받은 돈은 통장 속에서 조용히 잠자게 될 테니 송금 같은 걸 받을 수도 없게 될 터였다.

그래서 현금으로 돈을 받을 수 있었던 건 다행이었다. 10만 원짜리 지폐로 80장 이상. 그리고 잔돈이 좀 나왔다. 10년 사이에 10만 원 지폐가 나온 건 신기했지만, 덕분에 불편하나마 가지고 다닐 수 있으니 그건 고마운 일이었다.

'앞으로 금융거래를 하려면 통장을 하나 새로 파야겠어.'

김인수는 박기범의 모습인 채 생각했다. 김인수라는 신원을 쓸 수 없는 지금, 그는 박기범으로서 살아가야 했다. 지금 당장은 말이다.

'어쨌든 지금 당장 활동 자금이 생겼으니 다행이로군.'

김인수가 알던 10년 전의 지구와 차원 균열이 열린 지구는 상당히 차이가 있을 터였다. 단순히 세월만 흐른 것이 아니라, 사회구조 자체가 바뀌어 있을 가능성이 높았다. 그리고 김인수는 아직까지 이런 차이점에 대해 단편적으로밖에 알지 못한다.

공부해야 했다. 아는 것이 힘임은 말할 필요도 없다.

"어벤저라……."

그러고 보니 차원 균열에 대해 검색하면서 그런 직업이 있다는 걸 본 것 같기도 했다.

당연하지만 복수에는 힘이 필요하다. 단순히 폭력이 아닌 여러 종류의 힘이. 그리고 대장의 말을 들어보니 어벤저는 꽤 힘이 있는 직종 같았다.

"일단 검색해 볼까."

한 번 기지개를 쫙 펴고, 그는 다시 걷기 시작했다. 행선지는 PC방이었다.

3장

최재철

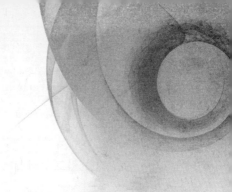

　어벤저(Avenger)라는 단어는 복수자라는 뜻의 영어 단어이다. 이 단어가 단순한 영단어에서 어떤 직업을 가리키기까지의 경위는 다음과 같았다.

　8년 전의 대재해, 차원 균열이 열리고 어보미네이션들이 쏟아져 나와 한국에 큰 피해를 입힌 그 사건. 아직 어보미네이션의 정체도 제대로 모르던 그 시기에, 주한 미군 사령관이 정체불명의 적들에 대한 반격을 시사하며 자신의 직속 부대원들에게 한 연설이 있다.

—제군들, 적들은 선전포고도 없이 민간인과 우리의 전우인 한국군, 그리고 우리에게 이빨을 들이밀었다. 평화는 깨졌고, 적들의 기습에 우리는 많은 희생을 강요당하고 말았다. 우리는 이 공격을 결코 묵과할 수 없다.

제군들, 우리는 군인이기에, 명령받았기에 싸우는 것이 아니다. 우리는 세계 평화와 민주주의, 그리고 정의의 수호자로서 싸워야 한다. 평화를 해치고 사람들을 위협하고 불의를 저지른 자들에 대한 복수의 철퇴를 우리는 휘둘러야 한다!

그렇다! 제군들은 이제부터 정의의 복수자다! 제군들이 행하는 것은 임무가 아니라 보복이다! 멋도 모르고 인류에게 이빨을 드러낸 저들에게 자신들이 저지른 짓에 대한 대가가 무엇인지 똑똑히 보여주도록 하라!!

이 연설은 후일 언론에 공개되었고, 그 이후 용감히 싸워준 저들 부대원은 어벤저 오브 저스티스(Avenger of Justice), 즉 정의의 복수자라고 불리기 시작했다. 미국은 물론이고 전 세계에서 말이다.

이 연설 이후, 용감하지만 무모한 돌격으로 인해 대부분의 부대원이 몰살당하고 말지만 그들은 임무를 완수해 냈다. 치열한 싸움 끝에 어보미네이션들을 처치하고 차원 균열 쪽으로 후퇴시키는 데 성공했다.

그리고 이 과정에서 몇몇의 부대원이 살아남았는데, 그들은 후일 어벤저 스킬이라고 불리게 되는 특수한 힘을 휘둘러 큰 활약을 펼쳤다. 김인수가 차원 능력이라고 부르는, 차원력을 이용한 그 특수 능력이다.

그들이 어벤저 스킬을 발휘하는 모습은 영상으로도 남아 전 세계에 퍼졌는데, 덕분에 이후에 나오는 능력자들도 어벤저 오브 저스티스라 불리기 시작했다.

어벤저 오브 저스티스. 풀 네임은 일단 그렇다. 하지만 이제는 뉴스에서조차도 이렇게 쓰지는 않았다. 그냥 어벤저라고 칭하면 다 알아들으니까. 그리고 이 어벤저라 불리는 능력자들은 세계 각지에서 차원 균열이 열리게 됨에 따라 어보미네이션 토벌의 핵심 전력으로 부상했다.

어벤저라는 직업이 만들어지는 순간이었다!

그렇게 만들어진 이 어벤저라는 직업은 꽤 인기가 있는 모양이었다. 딱 듣기에도 목숨을 걸고 싸워야 하는 직업일 텐데도 인기가 있는 이유는 굉장히 단순했다.

몸값이 비싸다!

차원 균열은 세계적인 문제라 인류 전체가 힘을 합해야 하는 것이 원칙이지만, 그래도 자국의 어벤저를 확보하고 관리하는 데 각국이 열을 올리기 시작했다. 덕분에 몸값이 천정부지로 뛰고, 그것으로도 모자라서 각종 특혜가 주어지기까지 했다.

그러니 우연찮은 기회에 어벤저 스킬에 눈이라도 떠서 어벤저가 되면 인생 역전 스토리를 쓸 수 있게 되었다.

한국은 차원 균열이 가장 먼저 열린 여파도 있어서 이래저래 평범한 사람들이 살기 참 팍팍하니, 어벤저의 인기가 없으려야 없을 수가 없었다.

"이렇게 좋은 걸 박기범의 신분으로 하긴 좀 그런데."

어벤저에 대해 알아보면서 김인수는 그런 혼잣말을 했다.

수입도 높고 사회적인 인식도 괜찮다. 비록 위험도도 높고 힘들기도 하다지만 그거야 큰 문제가 아니다. 거의 중세 사회의 기사 같은 존재 아닌가?

더군다나 어벤저라는 명칭.

복수자.

애초에 복수만을 위해 지구로 돌아온 그에게 딱이라고 밖에 할 말이 없는 직업이었다.

"박기범 외의 신분을 취득해야겠군."

그렇다고 김인수의 명의로 어벤저 신분을 얻었다가는 이 세계에 내가 돌아왔다고 고래고래 소리를 지르는 꼴이니 쉬이 선택할 수는 없었다. 그가 복수해야 할 대상들에게 쓸데없이 경계심을 안겨줄 필요는 없다.

대한민국은 주민등록 제도가 있어서 새로 신분을 얻기가 쉽지 않다. 결국은 불법적인 방법을 쓸 수밖에 없었다. 다행히 그에게는 충분한 자금이 있다. 800만 원 정도로 새 신분을 얻을 수 있을지는 확실하지 않았지만, 그건 지금부터 알아보면 될 일이었다.

*   *   *

"흠… 골치 아프군."

김인수는 고민에 빠져 있었다. 신분 세탁이라는 게 역시 말만큼 쉽지는 않았다. 특히나 인터넷으로 뒤지는 정보만으로는 분명 한계가 있었다.

영화 같은 데서 보면 아무렇지도 않게 새 여권과 신분을 사는 장면이 나와서 가볍게 생각했지만, 역시 현실의 벽은 만만치 않았다.

대충 찾은 정보에 따르면 신분 세탁하는 데 걸리는 시간은 기본적으로 3개월 이상, 그것도 대한민국의 국적은 힘들고 홍콩이나 중국 국적을 취득해 한국에 귀화하는 방법을 쓴다고 한다. 아니면 북한인으로 신분을 위장해서 탈북민으로 가장하든가.

그러나 이렇게 만든 신분은 메리트가 거의 없고, 잘못하면 송환 조치가 내려져 가본 적도 없는 홍콩이나 중국 같은 곳으로 보내질 수도 있었다.

물론 만약의 일이라는 게 생기면 김인수는 차원 능력을 사용해 어떻게든 빠져나갈 수는 있다. 그런데 그럴 거면 애초에 아예 신분을 얻을 필요가 없었다.

이래저래 따져보니 박기범이라는 인간이 쓰레기이긴 했지만 그냥 한국인이라는 것만으로도 그 신분에는 어마어마한 메리트가 있었다.

"아, 그냥 박기범으로 해?"

골치가 썩은 나머지 그렇게 혼잣말을 하며 일어난 순간, 김인수의 눈에 들어온 것이 있었다. 지갑이었다. 뒷자리의 손님이 그냥 두고 간 것 같았다. 김인수는 그 지갑을 주웠다.

"저런, 쯧쯧."

김인수는 지갑을 들고 일어섰다. 이런 습득물은 경찰에 가져다주는 게 원칙이겠지만 그렇다고 경찰서에 갈 마음은 없었다. 박기범의 신분인 채로 선행을 베푸는 건 약간 꺼려졌고, 김인수의 신분을 밝힐 수도 없으니 결국 선택할 길은 하나였다.

직접 찾아다 준다.

이렇게까지 해야 하나,라는 생각도 들긴 들었지만, 지갑을 잃어버린 사람의 심정을 잘 아는 이상, 최대한 빨리 찾아다 주고 싶었다. 그리고 김인수에게는 그럴 만한 수단도 있었고 말이다. PC방에서 나온 김인수는 바로 그 수단을 실행했다.

"자아, 네 주인이 있는 곳으로 인도해라."

지갑에 추적 마법이 발동해, 그의 눈에만 보이는 은빛 실을 생성해 냈다. 지갑과 연결된 이 실의 끝에 지갑의 주인이 있을 터였다. 김인수는 짧게 숨을 내쉬고 실을 따라 걷기 시작했다. 새벽 공기는 그럭저럭 상쾌했고, 걷기에 나쁘지는 않았다.

"뭐, 산책 삼아 가볼까."

김인수는 가벼운 발걸음을 내디뎠다. 그렇게 5분쯤 걸었을까.

그때 차원력의 폭발이 일어났다. 누군가가 계약마와 계약한 탓이리라. 이 정도로 큰 차원력이라면 아마도 어보미네이션으로의 변이가 일어났을 가능성이 컸다.

상급 계약마는 차원 균열 너머에나 틀어박혀 있을 테니, 계약마에 의해 존재를 빼앗기는 형식의 계약이 아니라면 이 정도로 폭발적인 차원력이 발생할 수는 없었다.

그리고 그 직후 불과 몇 분 후, 새벽 공기를 가르는 헬기의 로터 소리가 들리기 시작했다. 김인수는 그 로터 소리의 의미를 금방 파악했다. 이미 한 번 들어본 소리였기 때문이었다. 더구나 헬기 소리가 나아가는 방향이 그가 지금 가고 있는 방향과 같았다.

불행히도 그가 들고 있는 지갑의 주인이 저 차원력의 폭발과 관련이 있을 가능성은 매우 높았다. 아니나 다를까, 골목을 돌자 그가 예상한 상황이 펼쳐져 있었다.

피투성이 시체가 셋, 그리고 포효하는 검은 사자.

김인수는 자신이 들고 있는 주인 없는 지갑과 연결된 은빛 실의 끝을 바라보았다. 은빛 실은 사자와 연결되어 있었다.

김인수는 반사적으로 반지 운반자의 팔찌를 매개로 한 투명화의 능력을 써서 기척을 숨겼다. 사자는 김인수의 존재를 눈치채지 못했다.

대신 사자는 피투성이 시체들을 코끝으로 툭툭 건드리더니, 입을 쩌억 벌렸다. 악어와도 같은 촘촘한 이빨이 모습을 드러냈다.

평범한 사자가 아니다. 차원 괴수, 지구에서 말하기를 어보미네이션이다. 사람들의 시체를 포식하기 시작한 사자를 바라보며, 김인수는 어떻게 해야 할지 잠깐 고민했다.

저 사자, 하급 어보미네이션인 크로코리언을 잡는 건 적어도 김인수에게는 그리 어려운 일이 아니다. 하지만 박기범의 집과 달리 여긴 공터고, 사람들의 눈에 띌 가능성이 있었다. 아무리 반지 운반자의 팔찌가 있다지만 마수 사냥 같은 자극적인 행동까지 숨길 수는 없었다.

게다가 조금 전에 들린 헬기의 로터 소리는 이쪽으로 가까워져 오고 있었다.

김인수의 예상대로 헬기는 공터의 상공에서 멈췄다. 헬기에서 내린 무장 집단이 자동소총을 사자에게 겨누며 외쳤다.

"손들어, 꼼짝 마!!"

크로코리언은 그 말에 반응하지 않았다. 대신 곧장 무장 집단을 향해 달려들었다. 그걸 예상이라도 한 듯, 자동소총이 불을 뿜기 시작했다. 크로코리언은 소총탄을 맞고 타격을 입어 비틀거렸지만, 곧 가장 가장자리에 선 병사를 향해 악어의 입을 벌렸다. 저대로라면 희생을 피할 순 없으리라.

'하는 수 없군. 조금만 도와줄까.'

저 병사도 무장을 하고 있는 이상, 죽을 각오는 하고 여기에 왔겠지만, 아무리 그래도 사람이 죽는 꼴을 지켜만 보기 좀 그랬던 김인수는 살짝 수를 썼다.

'슬로우.'

크로코리언의 시간이 느려지며, 움직임이 약간 굼떠졌다. 병사가 크로코리언의 쩍 벌린 입속에 소총을 들이대기에는 충분한 시간이었다.

타타타타타!

단단한 가죽의 보호를 받지 않은 부드러운 살 속으로 총탄은 자비심 없이 파고들었다.

'잘했다. 그 정도도 못 하면 죽어 마땅하지.'

김인수는 크로코리언에게 건 슬로우를 거둬들이며 안도의 한숨을 내쉬었다. 크로코리언은 절명하며 그 자리에 무너져 내렸다.

하지만 그것으로 끝난 게 아니라는 걸 저들도 잘 알고 있으리라. 다시 일어서려는 크로코리언을 향해 일곱 정의 자동소총이 불을 뿜었다. 결국 크로코리언은 세 개의 목숨을 금방 낭비하고 말았다.

'현대 화기도 이런 곳에서는 어보미네이션에게 아주 효과적이로군.'

상황이 끝나자 김인수는 그 자리에 주저앉아서 상황이 돌아가는 걸 지켜보기로 했다.

"후, 어떻게 희생 없이 마무리가 됐군."

대장으로 보이는 자가 식은땀을 닦았다. 아무리 특수부대원이라지만 한 명이 죽을 뻔했으니, 식은땀을 흘리는 것도 무리는 아니었으리라.

"막내 용감하더라. 당황하지 않고 아가리 안을 쏴버릴 생각을 다 하다니."

위기에 처했던 그 병사에게 선임으로 보이는 자가 철모를 탁탁 두들기며 웃었다.

"어, 어쩌다 그렇게 된 겁니다. 헤헤……."

막내라 불린 죽을 뻔했던 병사는 웃고는 있지만 아직 얼이 좀 빠져 보이는 게 죽음의 위기 앞에서 자기도 모르게 움직였던 모양이었다. 오래 살아남을 타입의 인간이었다.

"그건 그렇고 대장, 처음에 '손들어!' 이거 안 하면 안 됩니끼? 그것 때문에 마네가 죽음 뻔했잖습니까"

"매뉴얼에서 하라잖냐. 해야지."

대장이라는 남자는 원칙주의자인 건지 부하의 항의에도 딱딱한 목소리로 대꾸했다.

"아, 진짜. 대장은 유도리도 모릅니까? 어제 저녁에도 애송이를 벗겨먹을 수 있었는데……."

"유도리, 일본어다. 쓰지 마라."

"하, 대장……."

대화를 듣다 보니 목소리가 귀에 익었다. 어제 저녁의 애송이라는 단어에서 감이 딱 왔다. 김인수는 저들이 어제 박기범네 집에 쳐들어왔던 특수부대원들임을 알았다.

'어보미네이션의 위치를 탐지할 수 있는 수단이 지구에도 있는 모양이로군.'

두 번이나 어보미네이션이 나타난 지점에 곧장 출동한 것은 우연이 아니리라. 계약자가 최하급 계약마에 의해 어보미네이션으로 변이할 때 나오는 차원력의 폭발을 감지할 수 있었기에 곧장 헬기를 타고 날아올 수 있었던 것이리라.

'능력을 사용할 때 좀 더 주의해야겠군.'

그는 버릇처럼 능력이나 마법을 사용할 때마다 차원력을 숨기고 있었지만, 지구에서도 그럴 필요가 있나 하는 생각이 들기 시작했던 터였다. 하지만 지구에도 차원력 감지 기술이 있다면 앞으로도 차원력을 숨겨둘 필요가 있었다.

　그가 생각하는 동안에도 특수부대원들의 대화는 계속되고 있었다.

　"어쨌든 오늘은 어보미네이션 사냥에 성공했으니 흑자지만, 다음에는 어떻게 될지 모르잖습니까. 이대로 가다간 언젠가 한계가 올 겁니다."

　"알았다. 다음부터는 내가 가장 선두에 서도록 하지."

　"아니, 대장은 항상 선두에 서잖습니까! 뭐 그런 걸 변명이라고……. 됐어요! 얘들아, 시체나 얼른 옮기자. 새벽에 출동하려니 아주 죽겠구만."

　대원들은 크로코리언의 시체를 옮기기 시작했다.

　"피해자들의 시체는 어떻게 할까요?"

　막내 대원이 물었다.

　"그건 경찰이 알아서 할 거야. 우리 일이 아니야. 우리가 공무원도 아닌데 민간인 시체를 손대면 월권이야. 뭐, 어보미네이션 출현 신고는 이미 해뒀고 문제없이 처리되겠지."

　상급자의 대답에 막대 대원은 납득한 듯 고개를 끄덕였다. 크로코리언의 시체를 회수한 후, 대원들은 헬리콥터에 올라 자리를 떠났다. 참사가 일어난 현장은 그대로 남긴 채.

　"후……."

　김인수는 한숨을 푹 내쉬었다. 대체 무슨 일이 일어난 걸까? 꼭 알아야 할 이유는 없었지만 김인수에게는 알아낼 수단이 있었다. 그는 그 수단을 활용했다.

"비전(Vision)."

그가 마법을 부리자마자 그의 눈에만 보이는 이미지가 재생되기 시작했다.

지갑의 주인은 지금은 시체가 된 이 세 명에게 강제로 이 공터로 끌려왔다. 새벽이라 지나는 사람은 없었고, 세 명은 지갑의 주인을 폭행하기 시작했다. 욕설이 가득 섞인 이들의 대화에서 지갑의 주인이 다른 세 명과 동창이라는 걸 알 수 있었다.

지갑의 주인을 패대기친 후, 셋은 그의 주머니를 뒤졌다. 돈을 빼앗으려고 했던 모양이었다. 하지만 지갑은 나오지 않았고, 화가 난 셋은 더욱 심하게 폭행을 시작했다. 이야기를 들어보니 지갑의 주인이 딱히 이들에게 빚을 진 건 아닌 듯했다. 그냥 학생 시절부터 돈을 빼앗던 양아치들이 학교를 졸업한 뒤에도 똑같은 짓을 하고 있는 거였다.

폭행은 도를 넘은 수위까지 이어졌고, 지갑의 주인에게 최하급 계약마가 나타나 속삭이기 시작했다. 계약은 이뤄졌고, 지갑의 주인은 힘을 얻었다. 대신 이성과 자아를 잃고, 크로코리언이라는 존재가 되어서 세 양아치를 죽였다.

"한심하군."

비전 마법을 끈 김인수는 갑갑한 마음에 한숨을 내쉬었다. 결국 이 세 양아치가 죽은 건 자업자득이다. 하지만 이 지갑의 주인에게는 아무런 잘못이 없지 않은가? 그런데도 박기범 같은 인간과 똑같은 최후를 맞은 건 납득이 가질 않았다.

멀리서 경찰차의 사이렌 소리가 들리기 시작했다. 특수부대원들이 말한 대로 경찰이 오는 모양이었다. 김인수는 기척을 죽인 채 자리를 피했다. 쓸데없이 이목을 끌 이유도, 오해를 살 여지를 남길 필요도 없었다.

*　　　　*　　　　*

김인수는 손에 쥔 지갑의 처분에 대해 고민했다. 지갑 안에는 70만 원이 들어 있었다. 생각 외로 큰돈이었다. 어쨌든 가족에게라도 돌려주는 게 맞는 것 같아서 그는 지갑 주인의 자택으로 향했다. 자택을 확인하기 위해 본 주민등록증에 새겨진 지갑 주인의 이름은 최재철이었다.

"여긴가."

지은 지 20년은 충분히 된 엘리베이터가 없는 낡은 원룸 빌라 5층. 주소를 확인해 보니 여기가 맞았다. 김인수는 계단을 뚜벅뚜벅 올랐다. 이 시점에서 그는 이미 어떤 예감에 사로잡혀 있었다.

문은 잠겨 있었고, 안에 인기척은 없었다.

'역시.'

최재철은 혼자 살고 있던 모양이었다.

'…그래도 지갑만 놓고 올까.'

지갑 안에 든 열쇠가 이 집의 열쇠일 터였다. 완전히 외부인인 김인수가 이 집의 현관문을 여는 건 그리 좋아 보일 리 없었지만, 이 빌라에 들어오기 전에 그는 이미 최재철의 모습을 취한 상태였다.

문을 따고 들어가자 가구도 없는 텅 빈 방이 그를 맞이했다.

생활감은 있었다. 낡은 이불이 흐트러진 채 내팽개쳐져 있었고, 옷 몇 벌이 벽에 박힌 못에 걸려 있었다. 잠옷 대용으로 쓰던 것으로 보이던 빛바랜 와이셔츠는 이불 위에 구겨진 채 방치되어 있었다. 편의점 음식의 포장지는 비닐봉지에 싸인 채 덩그러니 방구석에 웅크리고 있었다.

싱크대 수도꼭지는 완전히 잠기지 않아 물방울이 뚝뚝 떨어지고 있었다. 김인수는 수도꼭지를 잠갔다. 그러자 방 안에 놀라울 정도의 적막이 내렸다.

"후……."

그 적막을 버티지 못하고 김인수는 한숨을 내쉬었다. 그 직후, 문밖에서 인기척이 들렸다. 슬리퍼를 찍찍 끄는 소리와 함

께 문 앞까지 온 인기척은 아무런 사양도 없이 문을 쾅쾅쾅
두들겼다.

"총각! 집세! 내놔!!"

아무래도 집주인인 모양이었다. 김인수는 문을 열었다. 그
러자 억척스러워 보이는 아주머니가 화색을 띠었다.

"오, 문을 열었네. 오늘도 없는 척할 줄 알았더니."

"얼마죠?"

"모르는 척하고 있네. 두 달 밀렸으니까 70만 원. 내놔, 얼른."

김인수는 최재철의 지갑에서 70만 원을 꺼내어 그녀에게 넘
겼다. 먹이를 노리던 야생동물처럼 돈을 낚아챈 아주머니는
손에 침을 뱉어가며 야무지게도 돈을 세더니 '흥!' 하고 코웃
음을 쳤다.

"직장에서 잘렸다고 울더니만, 있잖아? 돈. …다음부턴 늦지
마."

그것으로 용건은 끝났다는 듯 아주머니는 문을 쾅 닫았다.

"…지갑에 먼지밖에 안 남았군."

천 원짜리 잔돈 하나 안 남은 최재철의 지갑을 방구석에 놓
으며, 김인수는 피식거렸다. 그는 충동적으로 벽에 기대고 앉
았다. 방바닥이 차가웠다. 아주머니의 인기척이 완전히 사라
지고, 다시 방은 적막 속에 빠져들었다.

얼마나 그러고 있었을까. 갑자기 전화벨이 울렸다. 김인수

는 반사적으로 그 전화를 받았다.

"여보세요, 재철아?"

전화 너머에서는 아주머니의 목소리가 들렸다. 묘한 예감에 김인수는 대답하길 망설였다. 그러자 전화 너머의 목소리가 말했다.

"들리니? 엄마야."

"아, 엄마?"

누구세요, 라고 대답했다간 큰일 날 뻔했다고 김인수는 생각했다.

"서울 생활은 좀 괜찮니?"

두 달 밀린 집세를 내고, 지갑에는 돈 한 푼 없고, 직장에서 잘려 직업도 없는 젊은이, 최재철이 괜찮을 리는 없었다. 그러나 김인수는 최재철이 아니었다.

"네, 괜찮아요."

"아, 그래?"

수화기 너머로 들려온 최재철의 어머니 목소리에 화색이 돌았다.

"그럼 돈 좀 보내줄 수 있겠니?"

"얼마나 필요하신데요?"

"50만 원… 정도면 될 거 같은데."

아들에게 돈을 요구하는 그 목소리는 조심스러웠다. 대뜸

돈 이야기부터 꺼내는 걸 보니 꽤나 급했던 모양이었는데도 불구하고 말이다.

"알았어요."

"정말이니? 괜찮겠니?"

"예, 괜찮아요."

"그래, 그럼 부탁한다……. 아버지 병원비가 밀려서……. 너 한테까지 손 벌리고 싶지는 않았는데……."

"괜찮아요. 보내 드릴게요."

"고맙구나."

"뭘요."

"그럼 부탁한다."

전화는 끊겼다. 김인수는 무거운 마음에 한숨을 내쉬었다. 지갑을 뒤져보니 구깃구깃한 쪽지가 발견되었다. 계좌 번호와 함께 아버지 병원비, 50만 원이라는 휘갈겨 쓴 글자가 보였다.

"세상에 공짜는 없어, 최재철."

김인수는 중얼거렸다.

"네 역할, 내가 샀다."

그렇게 김인수는 최재철이 되기로 했다.

*　　　*　　　*

낮에는 조용히 지냈다.

말 그대로 조용히. 최재철의 방은 낮이 되어도, 저녁이 되어도 시끄러워지지 않았다. 이 낡은 빌라가 방음이 잘 된다고는 생각하기 힘드니, 아무래도 이 층에 사는 건 최재철뿐인 것 같았다고 생각하는 쪽이 더 나으리라.

'아니, 그냥 단순히 오래 집을 비웠을 수도 있지.'

그거야 어찌 됐든, 그가 이 빌라에 드나드는 모습을 목격하는 이가 적다는 건 김인수에게 있어서 굉장히 좋았다. 며칠 정도 최재철이 집을 비운다거나 하는 일이 생겨도 별로 이상하게 생각할 외부인은 없을 테니 말이다.

어차피 출입 자체는 최재철의 모습으로 할 테지만, 만약의 경우라는 걸 생각하지 않을 수가 없었다.

'자, 그럼.'

밤이 되었다. 복수귀가 어둠 속에 몸을 숨기기에 좋은 시간이다. 김인수는 반지 운반자의 팔찌를 이용해 존재감을 지운 채 최재철의 집을 나섰다.

목적지는 박기범의 집이었다. 깨진 유리창으로 박기범의 방에 침입한 그는 목적한 물건을 집어 들었다.

박기범의 휴대폰이었다.

'오늘의 타깃은······.'

그는 박기범의 휴대폰을 들어서 주소록을 주욱 훑었다.

'김전훈.'

김인수는 씨익 웃었다. 먹잇감을 앞에 둔 야수의 미소였다.

*　　　　*　　　　*

한때는 치안이 좋기로 유명했던 서울의 밤거리도 이제는 예
전 같지 않았다. 차원 균열이 열린 뒤로는 모든 것이 변했다.
많이 변하지는 않았지만, 확실하게 변하고 말았다. 적어도 뒷
골목의 제대로 정비되지 않아 깜박거리는 가로등 밑은 평범한
시민이라면 피해야 하는 곳이 되었다.

그리고 그곳에 피를 흘리고 쓰러져 있는 중년 남성이 한 명
과 그 중년 남성을 습격한 것이 분명한 청년 셋이 있었다. 청
년 하나가 중년 남성의 멱살을 잡아 올렸다.

"아저씨, 사람을 쳤으면 피해 보상을 해야지."

"내가 언제……!"

중년 남성의 말은 끝까지 이어지지 못했다. 청년의 주먹이
중년 남성의 명치에 파고들었기 때문이었다. 욱, 하고 고개를
숙이는 중년 남성에게 청년은 말했다.

"아저씨가 어깨로 내 친구를 치고 가는 바람에 친구 어깨가
탈골이 났다고요. 예? 이거 보상금을 단단히 받아내야 쓰겠는
데."

"이 무슨……!"

중년 남성의 말이 이어지기도 전에 다음 일격이 명치에 꽂혔다. 결국 중년 남성은 그 자리에 무너져 내렸다. 청년은 큭큭 웃었다.

'내가 더 강하다!'

이 감각은 질리지 않는다. 이 순간만큼은 대단한 존재가 된 것 같은 느낌에 젖어들 수 있었다. 취객에게 시비를 거는 일차적인 목적은 돈이긴 하지만, 이 기분을 느끼기 위한 것도 있었다.

뚜르르르.

전화벨 소리가 들린 건 그때였다. 청년은 주머니에서 자신의 휴대폰을 꺼냈다. 휴대폰에 뜬 이름은 박기범. 청년은 한 번 씨익 웃고 전화를 받았다.

"어, 도련님, 오랜만이네."

—너 지금 중동초등학교 뒷골목에 있냐?

"어라, 어떻게 알았지?"

—알았다.

"뭐야, 왜 그러는데? 나 일하는데……."

툭, 전화가 끊겼다.

"아니, 이 새끼가 형한테……."

청년은 화가 나서 애꿎은 중년 남성을 걷어찼다.

"뭐, 됐어. 나중에 가서 손 좀 봐주고. 지금은 이쪽 일부터 처리해야지. 자아, 아저씨, 보상금을 지불할 시간이에요."

청년은 낄낄 웃으며 중년 남성의 품속에 손을 넣었다.

*　　　*　　　*

"일이라. 하, 이것 참."

김인수는 헛웃음을 터뜨렸다.

그는 지금 가로등 위에 서 있었다. 단순히 폼을 잡고 서 있는 건 아니다. 인간이라는 생물은 어지간하면 머리 위를 올려다보지 않는다. 의외의 사각인 셈이다.

그리고 '일'은 그의 발밑에서 벌어지고 있었다. 김인수는 그 모든 것을 보고 있었다.

청년, 김전훈의 위치를 찾는 건 굉장히 간단한 일이었다. 이 멍청하고 불쌍한 생물은 휴대폰에 딸린 GPS로 자기 위치를 뿌리고 다니고 있었다. 그냥 휴대폰의 GPS 기능을 꺼두기만 해도 이렇게는 안 될 테지만, 김전훈은 불행하게도 그 자신에게 그러지 않았다.

'자아, 그럼 어쩐다.'

조질 대상은 김전훈 하나다. 하지만 그의 발밑에는 피해자인 중년 남성과 김전훈의 친구 둘이 추가로 있었다. 넷 중 그

누구도 특별한 능력을 지닌 사람은 보이지 않는다.

그렇다면 유용하게 쓰일 도구가 하나 있다. 김인수는 그의 왼쪽 손가락에 끼고 있는 반지를 내려다보았다. 오른손 검지로 한 번 그 반지를 슥 만지자, 그의 발아래에 차원력으로 이뤄진 필드가 깔리기 시작했다.

이제부터 일어날 일은 김인수 본인을 제외하고는 아무도 기억하지 못할 것이다.

"파티의 시작이다."

*　　　　*　　　　*

중년 남성의 주머니에서 지갑을 꺼내 든 청년의 등 뒤에 누군가가 착지했다. 그 인기척에 청년은 놀라 뒤를 돌아보았다.

"어, 뭐……."

청년의 말은 끝까지 이어지지 못했다. 그의 명치에 누군가의 주먹이 파고들었기 때문이었다.

퍽!

"우욱?!"

청년은 예기치 못한 고통에 그 자리에서 무릎을 꿇었다.

"크흑, 커헉!"

'숨이 안 쉬어져!'

엎드린 채 몇 번을 기침을 하며 숨을 쉬려 노력했다. 그의 앞에 선, 그에게 그 고통을 부여한 누군가는 그를 조용히 내려다보고 있다가 문득 물었다.

"김전훈, 맞나?"

"뭐……!"

우직!

"끄아아아악!"

청년은 자신의 손가락이 거꾸로 꺾여 이상한 방향으로 향한 것을 보며 비명을 질렀다. 그가 비명을 지르든 말든, 불청객은 가차 없이 대답을 요구했다.

"질문에 대답해라."

이상하다. 어째서 이런 일이……. 다른 두 놈은?

그제야 청년의 눈에 다른 둘은 기절한 채 뒷골목에 널브러져 있는 것이 들어왔다.

"김전훈, 맞나?"

그는 대답을 주저했다. 0.5초. 다음 손가락이 꺾였다.

"으아아아아악!!"

"김전훈, 맞나?"

비명을 듣는 둥 마는 둥, 다음 질문이 곧장 날아들었다. 대답하지 않으면 또 손가락이 꺾일 것이다. 그렇게 사고한 것은 뇌가 아니었다.

"맞아요! 맞아, 내가 김전훈, …뭐야."

황급히 대답한 청년은 황당함에 말을 잃었다. 그제야 자신의 명치에 주먹을 꽂아 넣고 손가락을 꺾어댄 인간의 얼굴을 확인했기 때문이었다.

"씨발, 뭐야. 너, 뭐야."

꺾인 손가락에서 느껴지는 격통에 더듬거리면서도, 청년 김전훈은 낯빛을 바꾸며 외쳤다.

"김인규?"

그 얼굴은 그의 옛 동창생의 얼굴이었다.

'아니야. 인규는 죽었어!'

그렇다. 김인규는 죽었다.

그가 죽인 것은 아니다. 김인규의 죽음에 그는 조금의 책임을 느끼지 못했다. 물론 김인규를 폭행하기는 했다. 그가 그의 주먹으로, 지금 그의 뒤에 쓰러져 있는 중년 남자에게 그랬듯이 말이다.

"맞구나, 김전훈."

김인규라 불린 남자는 씨익 웃었다. 그 웃음이 마치 사냥감을 발견한 야수의 그것과도 같아, 김전훈은 등골이 싸늘해지는 감각에 입을 닫았다.

그가 야수라면 자신은 사냥감이었다. 본능이 그렇게 고해오고 있었다. 아니나 다를까, 야수의 어금니가 김전훈의 목덜

미에 날아들었다. 실제로는 옛 동창의 주먹이 날아든 것임에 불구하고, 목숨의 위협마저 느끼며 김전훈은 그 일격을 피하려 애썼다.

그러나 무리였다.

우지직!

쇄골이 갈라지는 소리를 귀가 아닌 기관으로 들으며, 김전훈은 비명을 토해내었다.

"샌드백으로 썼었지."

김인규가 말했다.

"나를 말이야."

"…그게, 뭐."

한참 비명을 지른 탓에 말라붙어 버린 목소리로 김전훈은 간신히 토해내었다.

"그게 뭐! 그래서 뭐, 이 새끼야!!"

"그게 뭐?"

꿈틀거리는 김인규의 눈썹이 보였다. 김전훈은 그 순간 상대가 김인규 본인이 아님을 확신했다.

김인규라는 놈은 자신의 주먹으로 죽일 수 있는 놈은 아니었다. 그게 분해서 더욱 세게 주먹을 꽂아 넣었지만, 그놈은 바뀌지 않았다. 흔들리지 않았다. 김인규의 영혼에, 인생에, 정신에 김전훈은 조금도 영향을 미칠 수 없었다.

'그럼 이건 뭐지?'

만약 김인규가 지옥에서 되돌아온 거라면, 복수하기 위해 온 거라면 찾아와야 할 사람은 내가 아니다. 김전훈은 진심으로 그렇게 생각하고 있었다.

"누구냐, 너."

"방금 전에 네가 네 입으로 내 이름을 불렀지?"

"넌 김인규가 아니야."

"그래, 난 김인규가 아니다."

맥이 탁 풀릴 정도로, 상대는 자신이 김인규가 아니라고 자백하고 말았다.

"널 죽이지는 않을 거다, 김전훈. 인규를 죽인 건 네가 아니니까. 하지만……."

김전훈은 그런 상대의 말을 도저히 믿을 수가 없었다. 그 형형히 타오르는 눈빛에서 느낄 수 있는 건 오직 살의뿐이었다. 그는 자기도 모르게 뒷걸음질 치고 있었다.

"윽……?!"

그는 신음 소릴 토해내었다. 더 이상 물러날 곳이 없었다. 콘크리트로 세워진 단단한 벽이 그의 뒤를 가로막고 있었다. 취객으로부터 돈을 뜯기 위해 CCTV도 없는 막다른 골목으로 온 것이 도리어 그에겐 화근이 되었다.

"내 체력 단련에 도움을 좀 줘야겠다."

그 말을 들은 김전훈은 흠칫 놀랐다. 왜냐하면 그 말은 그가 인규를 샌드백 삼아 패기 전에 했던 말이었기 때문이었다.

'그렇다면 이 새끼의 정체는……!'

김전훈이 생각할 수 있었던 건 거기까지였다.

고통이 그를 지배했다.

*   *   *

김인수는 기절해서 축 늘어진 김전훈의 몸을 길바닥에 팽개쳤다.

그는 한숨을 토해내었다. 그리 좋은 기분은 아니었다. 통쾌하지도 않았다. 오히려 지금 그가 느끼는 감정은 답답함에 가까웠다.

이 김전훈이란 놈은 곁가지에 불과했다. 이런 놈을 족친다고 만족감이 들 리도 없었다.

그는 기절한 김전훈의 품속을 뒤졌다. 지갑을 보니 2만 원이 들어 있었다. 하기야 돈이 풍족했다면 취객을 습격하지도 않을 터였다. 그 돈을 김전훈의 지갑 속에 도로 넣어버리고, 김인수는 다른 것을 꺼냈다.

나쁜 놈이고 용서의 여지도 없는 놈이지만 힘도 없는 놈이다. 인규 입장에서는 이 녀석은 안중에도 없었을 터였다.

그렇다고 이 녀석을 그냥 내버려 둘 생각은 추호도 없었다. 최소한 인규가 느낀 고통은 맛보여줄 필요가 있었다. 그것은 그의 의무였고, 그렇기에 그는 이행했다.

그 와중에 위기의 중년 한 명을 구하기는 했지만, 이건 덤 같은 것이었다. 그는 정의의 용사가 아니므로, 굳이 정의를 행할 필요는 없었다.

"아저씨."

"으, 응?"

시종일관을 영문도 모른 채 두려움에 떨며 지켜보고 있던, 완전히 피해자일 뿐인 중년 남자의 시선에서는 김인수에 대한 호감 같은 건 별로 묻어나지 않았다.

그도 그럴 만했다. 아직 상황은 끝나지 않았기 때문이다. 이 중년 남성의 입장에서는 지금부터 김인수가 자신을 해할 수 있다고 오해할 수 있었다.

"많이 다치셨네요. 대신이라고 하긴 좀 뭐 하지만 이거라도 받으시죠."

김인수는 김전훈 외 2명의 지갑에서 꺼낸 그들의 신분증을 중년 남성에게 넘겨주었다.

"이놈들을 고발하셔도 좋고, 그냥 넘어가셔도 상관없습니다. 알아서 하시죠."

중년 남성은 머뭇거리며 고개를 끄덕였다.

김인수는 이 중년 남성의 복수마저 떠맡을 생각은 없었다. 복수하고 싶으면 스스로 할 것이다. 어쨌든 그 수단은 넘겨주었다. 그것으로 만족한 김인수는 뚜벅뚜벅 그 자리를 벗어났다.

오늘 느낀 만족감이라고는 그것 정도였다.

*　　　　*　　　　*

돌아오는 길은 조금 복잡했다.

우선 반지 운반자의 팔찌를 이용해 존재감을 지운 후, 서서히 되돌리면서 박기범의 모습을 취했다. 그리고 박기범의 집으로 갔다.

겨우 하루 사이였지만, 박기범의 자택은 못 본 사이에 유리창이 깨져 외풍이 들어와 스산해져 있었다. 유리창을 깬 특수부대원들은 수리비를 김인수에게 주고 갔지만, 그가 그 돈으로 이 집을 고쳐줄 의리 따위는 없었다.

김인수는 박기범의 방으로 가 박기범의 휴대폰을 충전기에 꽂았다. 그리고 박기범의 모습을 그만두고 다시 존재감을 지워 깨진 유리창을 통해 집 밖으로 나왔다.

이로써 박기범은 귀가한 채 집에 남아 있는 셈이 된다. 적어도 휴대폰의 GPS 정보나 길가에 주차된 자동차의 블랙박

스, 그리고 경비 카메라상으로는 말이다.

그렇게 박기범의 집에서 빠져나온 김인수는 그대로 서서히 최재철의 모습으로 바꾸면서 최재철의 집으로 돌아왔다.

귀찮고 복잡한 짓이었지만 그에게는 꼭 필요한 절차였다. 최재철과 박기범, 두 사람은 완전히 접점이 없다. 앞으로도 없어야 하고.

김인수는 최재철의 신원을 최대한 깨끗하게 관리할 생각이었다. 기껏 새로 얻은 신원이다. 이 정도의 귀찮음 정도는 감수할 가치가 있었다.

시간은 이미 늦어 밤이 깊었다. 최재철의 집으로 돌아오자마자 김인수는 바로 잘 준비를 했다. 능력으로 체력을 회복하는 것은 간단했지만, 그런 식으로 차원력을 낭비하는 건 그리 현명한 짓이 아니었다.

차원력을 회복하는 수단 중 가장 안전하고 결과적으로 효율적인 것은 시간의 흐름에 따른 자연 회복이다. 그에게는 아직 막대한 차원력이 남아 있기는 했지만, 그렇다고 마구 낭비할 정도로 그는 어리석지 않았다.

그러므로 자야 했다. 수면은 자연스럽게 체력을 회복하는데 가장 좋은 수단이다.

싱크대에서 물방울이 똑똑 떨어지는 소리가 신경에 거슬렸지만 그냥 내버려 두었다. 그 작은 소음이 적막보다 낫다는 것을 그는 이계에서의 생활로 잘 알고 있었다.

'자아, 이제 어쩐다.'

자리에 누운 채 그는 생각했다.

지구에 돌아오자마자 박기범을 죽였다. 그리고 오늘은 김전훈을 족쳤다.

이 두 건의 복수에 대해서는 후회가 없다. 적절한 방법과 수위로 복수를 했다고 생각했다.

그리고 두 복수로 인해 김인수의 존재가 뒤를 밟힐 염려도 없었다. 박기범은 죽었고, 김전훈 외 2명, 추가로 그 자리에 있었던 목격자인 중년 남성에게는 김인수가 적절한 조치를 취해 두었다.

그들은 오늘 일을 기억하지 못할 것이다. 물론 다른 목격자도 없을 것이고.

오늘 사용한 아티팩트는 그가 왼쪽 새끼손가락에 낀 반지인 진흥왕의 유물이었다. 능력의 발동은 일단 범위를 지정해서 필드를 까는 것으로 시작한다. 시전자를 제외한 필드 안의 생물과 무생물은 필드가 깔린 시점부터 회수하는 시점까지 필드 안에서 일어난 일에 대한 기억을 잃는다.

즉, 김전훈은 병원에서 일어나면 자신이 왜 이렇게 크게 다쳤는지 기억해 내지 못하고 어리둥절해할 것이다. 중년 남성은 폭행당하던 자신의 손에 왜 가해자들의 신분증이 들려 있는지 모를 테지만, 어쨌든 능력의 효과가 발동하기 전까지의 일은 기억할 테니 적절히 행동할 것이다.

목격하는 것을 방지하기 위해 인롱의 팔찌를 사용했다. 공간을 완전히 잘라내 구분하는 이 아티팩트는 필드 밖의 그 어떤 존재도 필드 안에서 일어나는 일을 인지하지 못하도록 만들 수 있다. 외부 목격자 발생의 원천 봉쇄가 가능한 셈이다.

필드 안에서 일어난 일에 대한 기억을 지워 버리는 진홍왕의 유물과 공간을 잘라내 완전히 유리해 내는 인롱의 팔찌. 이 두 아티팩트를 적절히 조합하면 필드 안의 인간도 거기서 일어난 일을 인지하지 못하고, 밖에서도 안에서 일어나는 일을 인지하지 못한다.

완전무결한 결계의 완성이다.

이 결계의 완성을 위해서는 상당한 차원력의 소모를 감당해야 한다. 물론 김인수에게는 그리 부담되는 소모도 아니었지만, 어쨌든 소모는 소모였다. 만약을 위해서라도 미리 회복시킬 필요가 있었다.

이렇게 신경을 써서 행동했음에도 불구하고, 이런 식으로 한 명씩 찾아다니면서 족치다 보면 어쨌든 소문이 나게 되어 있다. 피해자들의 공통점이 분석되면 김인규의 복수로 귀결될 것이고, 김인수의 존재가 드러날 위험도 있었다.

이러다 보면 적들의 경계를 살 우려가 있었다. 그리고 그 경계심이 최종적으로 복수해야 하는 진가규에게까지 퍼지면 골치가 아파진다.

박기범은 그냥 죽여 버렸고, 김전훈까지는 괜찮다. 박기범의 죽음은 아직 알려지지 않은 상태고, 김전훈은 자신이 누구한테 당했는지도 모르니까.

다만 언젠가는 박기범의 사망이나 실종이 알려질 걸 생각하면 이런 방식의 복수를 할 수 있는 건 앞으로 해봐야 하나, 많아도 둘 정도이리라. 그 뒤로는 텀을 두거나 다른 방식을 사용해야 한다.

그리고 누구에게 먼저 복수를 하느냐에 대해서도 미리 결정해 봐야 했다.

'일단은… 내일 밤은 오원추로군.'

오원추. 박기범 일당 3인조 중 하나이자 인규의 오른팔을 부러뜨린 놈이다. 일단 대외적으로 알려진 주모자 셋은 반드시 처벌할 생각이었으니, 오원추는 빼놓을 수 없었다.

'오원추까지는 족치고, 다음은 나중에 생각해야겠군.'

김인수가 지금 가장 복수하고 싶은 대상은 당연히 그와 그의 가족들에게 가장 직접적인 피해를 입인 장본인인 진가규다. 하지만 김인수는 진가규에게는 특별한 복수를 해줘야겠다고 생각하고 있었다.

그냥 있는 대로 다 패 죽이는 게 복수라고 생각했으면 최재철의 신원을 빌리는 방법을 택하지도 않았다. 내가 돌아왔다고 크게 외치고 곧장 원수들을 죽이러 갔을 것이다.

막아서는 자들을 모조리 베고 그 시체를 넘어 원수의 목을 일격에 날리는 것은 겉으로 보기에 통쾌할지도 모른다. 그리고 김인수는 지금 당장에라도 그 방법을 택할 수 있다.

하지만 그 뒤에 이어지는 것은 파멸뿐이다. 힘으로 모든 것을 제압한 자의 최후란 그렇게 정해져 있는 법이다. 그리고 그의 파멸은 그의 원수들을 기껍게 만들 것이다.

김인수가 원하는 것은 철저하고 완벽한 복수였다. 복수를 완료하고도 승리자로서 남아 성공을 구가하는 것이 그가 추구하는 것이었다.

그렇기에 그는 정보를 얻고, 지위를 얻고, 권력을 얻을 필요가 있었다. 진가규에게 대항할 수 있는, 아니, 찍어 누를 수 있는 힘이 필요했다.

"갈 길이 멀군."

상대는 세계 최고의 대기업 WF의 회장. 자본주의 사회의 권력은 곧 금력이다. 그런 의미에서 진가규는 이 사회에서의 정점이나 다름없었다. 즉, 그를 찍어 누른다는 건 동시에 그 정점에 도전하는 것이기도 했다.

단순히 달려가 목을 날리는 것이 아니라 그 이상의 사회적

영향력을 지니고 찍어 누를 생각이라면 평범한 방법으로는 시도조차 불가능하다. 권력을 가진 자들은 능력 있는 자들이 자신들을 넘어설 수 없도록 갖은 노력을 다해왔고, 그 노력은 이미 결실을 맺고 있으니까.

하지만 결코 불가능하지 않다. 이미 역사는 왕을 끌어내렸고 귀족들의 목을 날렸다. 그 역사의 귀결이 황제의 등극이라 한들, 그가 상관할 바는 아니다. 그는 혁명을 하려는 것이 아니라 복수를 하려는 것이니까.

그리고 다행인 건지 불행인 건지, 이 사회에는 그에게 딱 걸맞은 수단이 있었다.

차원 균열, 차원 마수, 그리고 차원 능력자 어벤저.

"…일단 어벤저부터 되어야겠군."

지위와 권력을 얻는 것이 최재철이라도 별로 상관은 없었다. 어쨌든 뭐로든 복수의 수단을 얻는 것이 중요하니까 말이다. 최재철로서, 어벤저로서 눈에 띄지 않게 천천히 힘을 붙여가는 것이 지금으로서는 최선이었다.

앞으로 해야 할 일을 머릿속으로 하나하나 정리하며 그는 잠자리에 들었다.

*　　　*　　　*

아버지의 꿈을 꾸었다.

별로 좋은 아버지는 아니었다고 생각했다. 고집이 세고, 자기중심적이고, 수틀리면 아들들에게 소리부터 지르는 아버지였다.

하지만 아무리 마음에 안 든다 한들, 그는 아버지였다.

어머니가 돌아가시고, 동생이 죽은 그 후에 아버지가 보인 눈물을 김인수는 아직도 기억한다.

이제 너만 남았구나.

아버지의 그 말도 어제 들은 것같이 기억했다. 그 남자의 눈에서 김인수는 각오라는 것을 보았다. 당시의 그가 가지지 못한 것이었다.

아버지까지 돌아가시고, 그 장례식에서 김인수는 읊조렸다.

이제 나만 남았구나.

그때는 그 읊조림의 의미가 조금 달랐다. 나라도 살아야지, 나라도 가문을 이어야지, 그렇게 정당화를 했었다.

모든 것을 잊고 살아가기로 하며 복수심을 묻어두기 위해 애썼다.

"나밖에 할 사람이 없어."

자신의 목소리를 들으며 김인수는 잠에서 깨어났다. 그리고 자신의 입에서 흘러나온 그 읊조림의 의미가 이전과는, 10년 전과는 완전히 달라져 있음을 깨달았다.

그밖에 할 사람이 남아 있지 않았다. 그러므로 그가 해야만 했다.

반드시 해야만 했다.

4장

어벤저

아침에 일어나자마자 우선 은행에 들렀다. 일단 최재철의 명의로 그의 부모님에게 50만 원을 송금한 후, 더 보낼까 망설이다가 괜한 의심을 사기 싫어서 그만두었다.

"흠, 아무리 그래도 최재철의 명의값으로 50만 원은 너무 싼데."

최재철의 어머니가 최재철에게 보이는 태도로 볼 때, 자신의 아들이 그리 풍족하게 살고 있지는 않다는 걸 짐작은 하고 있는 것으로 보였다.

"돈을 더 보내주려면 그럴 듯한 건수를 하나 만들어야겠군."

그게 바로 어벤저 라이센스 시험이었다.

*   *   *

8년 전에 첫 번째 차원 균열이 열린 뒤로 전 세계 곳곳에도 차원 균열이 열려 각 국가는 대응에 고심하고 있었다.

사실 한국이나 미국 같은 경우는 여력이 생겨서 차원 균열을 자원의 보고로 여기는 경향으로 흘렀지만, 이런 경우가 오히려 특이 케이스에 해당됐다.

북한 같은 경우는 차원 균열이 열린 후에 몰려나온 마수를 물리치지 못해 전 국토가 초토화되어 버렸다고 한다. 당연히 체제는 붕괴했고, 어찌어찌 살아남아 탈출한 북한인 보트피플이 세계적인 문제가 되었다.

북한 같은 꼴이 되기 싫어서라도 각 국가는 차원 균열의 봉쇄에 사력을 다했다. 그리고 그 '사력을 다한다'는 것에는 어벤저의 육성과 관리도 당연히 포함되어 있다.

"여기가 어벤저 자격 라이센스 평가장인가."

그리고 김인수는 지금 최재철의 모습으로 그 국가가 육성하고 관리할 어벤저를 뽑는 국가 공인 시험장 앞에 서 있었다. 옛날에 땄던 운전면허 시험이 생각나서 그는 피식피식 웃었다. 국가 공인 시험이라니, 이건 상상하지 못했다.

좀 알아보니 어벤저는 아무나 할 수 있는 게 또 아니었다. 이 어벤저 자격을 얻는 데는 특별한 재능이 필요하다고 한다.

"뭐 이상한 걸 만지라고 하는데, 재능이 있는 사람이 그걸 만지면 색이 변한다고 하더라고요. 박기범 씨는 어보미네이션을 참 깔끔하게 처리하셨던데, 그런 재능이 분명 있을 겁니다. 한번 시험을 봐보시는 게 어때요?"

이틀 전에 박기범의 집에서 만난 특수부대의 대장은 박기범의 모습을 한 김인수에게 그런 말을 했다. 그 이야기를 들으며 김인수는 눈치를 챘다.

'차원력 측정이로군.'

김인수도 그랬듯, 계약마와의 계약으로 힘을 얻은 이들은 신체와 영혼뿐만이 아니라 존재 그 자체가 변이하게 된다. 차원 능력자가 되는 원리 자체는 어보미네이션이 되는 것과 같지만, 계약으로 얻은 힘을 자신의 의지로 사용하게 된다는 점이 다르다.

그리고 몇몇 괴물의 신체 일부는 이렇게 변이한 존재의 힘에 어떤 반응을 보인다. 색이 변하는 것도 있고, 크기가 변하는 것도 있다. 위협적인 존재를 인지하고 보호색을 띠거나 위협을 하기 위해 반응을 보이는데, 죽어서까지 그 기능이 유지되는 것들도 있다.

김인수가 끌려갔던 세계에서도 흔히 사용됐던 측정 방식이었다. 그리고 김인수는 이 측정 방식을 속이는 방법까지 잘 알고 있었다.

"문제는 어떤 괴물의 뭐가 나오느냐, 로군."

말로는 그런 소릴 하면서도, 김인수는 휘파람을 불며 여유 있게 어벤저 라이센스 평가장으로 들어갔다.

*　　　*　　　*

사람들이 빼곡히 차 있는 라이센스 평가장은 묘한 긴장감으로 가득 차 있었다. 김인수는 자신이 다른 세계로 넘어가기 전에 보았던 입사 면접시험장의 분위기를 떠올렸다. 비슷할 만도 했다. 여기에 와 있는 사람들은 여기서 자신의 인생이 바뀔 것이라는 기대와 불안을 안고 있을 테니까.

김인수는 최재철의 모습으로 필요한 서류를 작성하고, 하염없이 기다렸다. 대기자는 많았고, 합격자는 적었다. 결과를 믿지 못하고 몇 번이고 다시 하려다 끌려 나가는 인간이 있는가 하면, 풀이 죽어 축 처진 어깨로 비틀대며 걷는 인간도 있었다.

그 모습을 남 일이라도 보듯 멀뚱히 구경하고 있던 김인수, 아니, 최재철에게 누군가가 말을 걸어왔다.

"어, 최재철 아냐?"

최재철은 말을 건 인간을 멀뚱히 올려다보았다. 최재철보다는 15㎝ 정도 키가 더 커 보이고 체격도 다부졌지만 잘 단련된 근육질 몸과는 걸맞지 않게 얼굴은 묘하게 비겁해 보이는 인상의 남자였다.

"이 새끼가 형 봤으면 네가 먼저 인사를 해야지."

최재철이 대답하지 않자, 그 남자는 냅다 최재철의 뒤통수를 후리려고 손을 들었다. 최재철은 가볍게 그 시도를 막아내고 물었다.

"누구?"

"하, 나 참. 이 새끼가!"

화가 난 남자는 욕설을 토해냈다. 그리고 그 소리가 긴장된 대기실의 시선 모두를 끌어모았다. 남자는 완전히 사회성을 잃어버린 짐승은 아닌 듯, 그 시선에 위축되어 조용히 앉았다.

"나 진짜 기억 안 나냐? 하긴, 3년 만에 만나는 거긴 하지만……."

"기억 안 나는데."

"어, 그래?"

남자는 뻘쭘하게 뒤통수를 긁었다.

"같이 노가다 알바했던 이상렬이야, 나."

태도로 보아 뭐, 친구나 동창인 줄 알았더니만, 이야기를 들어보니 3년 전에 고작 일주일 같이 일한 게 전부였던 지인인 모양이다.

"너도 어벤저 면허 시험 보러 왔냐?"

"응, 뭐."

"허, 네가 뭐 어벤저 재능이 있겠냐?"

이 남자의 성격은 원래 이런 것 같았다. 한 번 인간을 얕잡아보면 끝도 없이 얕잡아봐, 안하무인격으로 나오는 무례한 인간. 이런 인간은 김인수가 끌려갔던 이상한 세계에도 많았다. 정확히는 인간이 아니라 다른 종족이었지만, 그거야 뭐가 중요하겠는가.

이런 타입의 인간은 한번 손을 봐주는 게 가장 좋지만, 최재철은 그냥 이 남자를 무시하기로 마음먹었다.

손목을 비틀어 버리는 건 쉽지만, 그런 식으로 주변의 시선을 끌어 모으고 싶지는 않았다. 게다가 한국에서 폭행은 범죄다. 박기범이라면 모를까, 최재철의 신분으로 전과자가 되는 건 피하고 싶었다.

최재철의 무시에 이상렬도 발끈한 것 같았지만, 그도 쓸데없이 관심을 사는 건 싫었던지 더 이상 큰 소리를 내지는 않았다.

그리고 마침내 최재철의 차례가 되었다.

측정실 안에 들어가 보니, 안에는 네 명의 참관인이 앉아 있었다. 그들 앞에 잘 보이도록 측정용 시약들이 유리 상자

속에 담겨진 채 놓여 있었다.

참관인들은 모두 굉장히 피곤해 보였다. 오전 일찍부터 계속해서 신경을 곤두세운 채 참관 중이었으니 그럴 만도 했다.

최재철은 테이블 위의 측정용 시약들을 바라보았다.

'차원 박쥐의 눈알, 변색 도마뱀의 꼬리, 투명 마수의 비늘인가.'

차원 박쥐의 눈알이 가장 민감하고, 그 뒤로는 변색 도마뱀과 투명 마수 순이었다. 모두 차원력에 반응해 자신의 모습을 숨기는 마수들이다. 잘 모르긴 하지만 차원 박쥐가 D급, 그 뒤로 C급, B급을 판가름하는 시약일 터였다.

'자아, 이제 어쩐다.'

투명 마수의 비늘을 반응시켜 B급이 되는 건 쉽다. 김인수의 입장에서는 최재철의 정체가 김인수인 것만 안 들키면 되니, 처음부터 B급을 받아버리는 것도 괜찮긴 하다. 슈퍼 루키로 처음부터 주목받으며 온갖 지원을 다 받을 수 있으리라.

하지만 최재철은 그게 그리 좋은 방법은 아니라는 걸 잘 알고 있었다. 처음부터 두각을 드러내는 초심자는 그만큼 자주시비에 걸리게 마련이다. 시기와 질투는 물론이고, 정치적인이유로 견제를 당하거나 다른 세력에 휩쓸릴 수도 있다.

그냥 힘과 기술만 치면 최상급의 어벤저일지라도 '지구의어벤저'로서 초심자인 최재철은 지식과 정보를 얻을 필요가 있었다. 강자들의 견제로 행동에 차질이 생긴다면, 아예 어벤저가 되지 않는 것이 낫다.

그렇다면 최재철이 내려야 할 결론은 하나였다.

'가장 낮은 위치에서 시작해서, 점점 강해지는 모습을 보여 준다.'

결과적으로는 똑같은 최고의 존재라도 처음부터 재능을 타고나 최고의 자리에 오른 자보다는 밑바닥부터 산전수전 겪으며 성장한 자가 그래도 덜 질시 받는다. 자신도 저렇게 될 수도 있다는 생각으로 동질감도 얻을 수 있을 테고.

성장하는 과정에서 견제를 받지 않은 채 자신의 세력을 구축할 수도 있다는 것도 중요한 요소다. 세력을 구축하고 커버린 후에는 견제 좀 받아도 상관없다. 그때는 최재철의 명의로도 날뛸 수 있게 되리라.

'어쨌든 지금은 어벤저가 되어야 하니 박쥐 눈알만 반응시킬까.'

결론을 내렸으니 이제는 행동할 차례다. 최재철은 자신의 차원력을 끌어내기 시작했다.

그가 차원력을 뻗자, 차원 박쥐의 눈알이 붉게 물들기 시작했다. 그러자 피곤에 젖어 있던 참관인들이 갑자기 놀라 자리에서 벌떡 일어났다.

"최재철 씨? 맞죠?"

최재철은 참관인들이 왜 이러는지 모른 채 당황했다.

"맞습니다만."

"이리 가까이 오십시오."

그 말을 한 참관인의 눈에는 기대감이 넘실거리고 있었다. 다른 참관인들은 조심스럽게 유리 상자를 열기 시작했다.

그제야 최재철은 지금 무슨 일이 일어난 건지 알아챘다.

그는 지금 테이블에서 세 걸음 정도 떨어진 상태였다. 거리도 떨어진 데다 유리 상자를 덮은 상태에서 시약이 반응했으니, 참관인들 입장에서는 놀랄 만도 했다.

'측정 방법을 내가 착각한 모양이로군.'

최재철은 서둘러 차원력을 거두었다. 물론 차원 박쥐의 눈알은 반응하도록 내버려 둔 채, 그 상태로 시약들 앞에 다가갔다.

"손을 뻗어서 측정 시약들을 만져보세요."

그가 가까이 갔음에도 불구하고 다른 시약들이 반응하지 않았지만, 참관인들은 아직 기대감을 접지 않은 채 재촉했다.

물론 최재철이 일부러 차원력을 숨겼으므로 그들이 기대할 만한 일은 일어나지 않았다.

"이상한데… 이런 일도 있나?"

참관인 중 한 명이 실망스러운 한숨을 토해냈다.

"최재철 씨, D급 어벤저 판정입니다. 축하합니다."

다른 참관인들도 다시 자리에 널브러지듯 앉았다. 축하한 다는 말이 그렇게 안 어울리기도 쉽지 않은 태도였다.

최재철은 뜻대로 된 것에 안도의 한숨을 내쉬며 측정실을 뒤로했다.

"너야 뭐, D급이 딱 어울리지!"

멋대로 평가표를 들여다본 이상렬이 그를 비웃었다. 물론 최재철을 그를 무시했다. 곧 이상렬의 차례가 돌아왔다.

"흥, 형 하는 거 잘 봐라."

이상렬은 콧방귀를 뀌며 측정실로 향했다.

잠시 후, 이상렬에게는 어벤저 재능이 없다는 게 밝혀졌다. 꽥꽥 돼지 멱따는 소릴 내며 측정실에서 끌려 나오는 이상렬 을 못 본 척하고 최재철은 시험장을 뒤로했다.

*   *   *

어벤저 라이센스를 얻은 최재철은 어벤저들에게는 기본적 으로 제공되는 휴대폰과 비슷한 어벤저용 단말기를 입수했다.

이것은 어벤저 라이센스를 증명하는 도구인 동시에 어벤저 전용 네트워크인 '어벤저.net'에 접속하는 도구이기도 했다. 기 본적이고 고전적인 스마트폰의 기능도 모조리 들어 있으니 상 당히 편리한 도구라고 할 수 있었다.

이제 최재철이 어벤저가 되었으므로 어벤저들이 사용하는 네트워크 시스템에도 가입할 수 있게 되었고, 적어도 차원 균열과 어벤저 업계에 대해서는 일반 인터넷보다 너 신뢰도가 높은 정보를 얻을 수 있게 되었다.

이 어벤저.net에 접속해서 새로 알게 된 사실로는 이런 것이 있었다.

D급 어벤저는 어벤저라는 이름만 달고 있을 뿐, 일반인이랑 그리 차이가 없다. 어벤저 자격을 받았다고는 하지만 D급 라이센스로는 취직이 힘들어 교육을 통해 C급으로 성장할 필요가 있었다.

그래도 이거라도 따려고 애쓰는 인간이 많은 건, D급 어벤저는 가능성의 상징이기 때문이다. 차원력이 전혀 없는 인간은 아무리 노력해도 안 되지만, D급이라도 있다는 건 노력 여하에 따라 성장할 수도 있다는 의미다.

그렇기 때문에 D급 어벤저는 일단 국가에서 취직할 때까지 최대 3년간 연금이 나오고, 8시간의 필수 교육과 100시간까지의 선택 교육을 무료로 받을 수 있다.

그걸 알게 된 최재철은 약간 후회했다.

"그냥 처음부터 C급을 딸 걸 그랬나."

하지만 원래 D급이었다가 필수 교육과 선택 교육을 받는 중에 성장하고 각성해서 C급이 되는 케이스가 처음부터 C급이었던 경우보다 더 많다고 하니, 오히려 그의 선택이 더 나을 수도 있었다.

필수 교육을 받으며 아슬아슬하게 C급으로 성장했다는 시나리오가 좋겠다는 생각을 하며 최재철은 귀갓길에 올랐다.

*   *   *

다음 날, 최재철은 지정 어벤저 교육장으로 나갔다.

어제 평가장에서 그렇게 많이 떨어져 나갔음에도 불구하고, 어벤저 교육장에는 사람들이 득실득실댔다. 이게 다 D급 어벤저라니, 취직이 잘 안 되는 것도 이해가 갔다.

오전 동안의 수업은 최재철에게는 지겨울 뿐이었다. 차원력을 갖고 있음에도 불구하고 능력으로 발현시키지 못하는 이들을 위한 교육으로, 완전히 기초 중에 기초였다.

차원력으로 한 가지 능력밖에 사용하지 못하는 능력자를 넘어서서, 다양한 능력을 자유자재로 사용하여 대마법사라는 칭호를 받은 최재철에게 이런 교육은 필요가 없었다. 어쨌든 간신히 졸음을 버텨내고 오후 수업이 시작되자 분위기는 조금 바뀌었다.

"여러분의 어벤저 능력이 뭔지는 아무도 모릅니다. 여러분 자신조차요! 하지만 여러분이 잠재 능력이 있다는 것은 어벤저 라이센스가 증명해 주고 있습니다. 어떤 능력이든 얻을 수 있다는 생각으로 실습에 임하십시오."

C급 어벤저인 교관이 말했다. 각 실습자들 앞에는 백색의 A4 용지가 나눠져 있었다. 이걸로 이제부터 실습 훈련을 할 모양인 것 같았다.

"종이에 손을 대고, 능력을 불어넣는다고 생각하십시오."

특이한 방식이라고 최재철은 생각했다.

"느긋하게 하셔도 괜찮습니다. 어차피 필수 교육 중에 어벤저 능력을 각성하는 경우는 드뭅니다. 각성이 늦는다고 능력이 뒤떨어지는 경우도 없습니다."

교관의 격려가 버릇처럼 이어졌다. 교관 입장에서는 매일하는 말을 오늘도 한 것일 뿐이리라. 그만큼 필수 교육만으로 능력에 각성하는 경우가 드물다는 것 또한 알 수 있었다.

'그럼 한번 해볼까?'

옛날로 돌아가 초심을 되찾는다는 느낌으로 최재철은 종이에 손을 내밀었다.

'첫 속성으로는 뭐가 좋을까?'

차원 능력이란 건 차원력을 이 세계에 영향력을 행사할 수 있는 다른 힘으로 변환하는 데서 일단 시작한다. 열에너지나 전기에너지 같은 게 가장 대표적이리라. 이미지화하기 쉬운 만큼 흔할 테고.

아무리 밑바닥부터 다시 쌓아올린다지만 너무 흔한 속성으로 시작하는 건 별로 좋지 않아 보였다. 흔한 건 가치가 없어 보이게 마련이다. 실제 가치와는 상관도 없이.

그러므로 최재철이 고른 속성은 다른 것이었다.

파삭.

최재철이 종이에 차원력을 조금 불어넣자, 종이가 날카롭게 잘렸다.

절단 능력. 굳이 속성으로 따지자면 바람일까.

종이가 잘려 나가는 소릴 들은 교관이 눈에 띄게 놀랐다. 하지만 교관은 직업인답게 곧 평정을 되찾았다.

"벌써 능력을 각성한 분도 계시군요. 굉장히 드문 예입니다. 37번… 최재철 씨, 다음 단계로 넘어가시죠."

교관은 교보재 상자에서 흰색 플라스틱 판을 한 장 꺼내어 최재철 앞에 놓았다.

"여기에 능력을 발휘해 보시죠."

"네."

최재철은 대답하고 플라스틱 판에 손을 뻗었다.

와지직!

플라스틱 판이 잘려서 절대로 쪼개졌다.

"어… 그… 최재철 님의 능력은 굉장히 스트레이트한 파괴 능력이로군요."

교관은 간신히 평정을 유지하며 손에 든 단말에 뭔가 열심히 기록했다. 그리고 교보재 상자에서 오랫동안 사용되지 않은 듯 먼지가 쌓인 무언가를 꺼내들었다. 금속판이었다.

"다음은 이겁니다."

"네."

최재철은 대답하고 금속판에 손을 뻗었다.

깡!

경쾌한 소리와 함께 금속판이 반으로 잘렸다.

그것을 본 교관은 서둘러 교실에서 나갔다. 나가면서 전화기를 꺼내드는 게, 누군가에게 연락을 하려는 것 같았다. 교실 안의 모든 이가 그를 주목하는 것이 보였다.

'아… 너무 오버했나?'

오전 수업이 눈물 나도록 지겨웠던 데다가 지구에서의 차원력 측정에 대한 흥미가 섞여서 약간 지나치게 능력을 발휘해 버린 모양이었다.

"어, 어떻게 하신… 거예요?"

여자애 하나가 그에게 다가와 머뭇거리면서도 호기심을 참지 못한 듯 조심스럽게 말을 걸었다. 화장기가 없어서인지 어려 보이는 인상에, 별로 꾸미지도 않았는데도 꽤 예쁘장한 모습이었지만 최재철이 주목한 건 그런 그녀의 외모가 아니었다.

그녀의 차원력이었다. 아직 힘을 제어하는 방법도 몰라서 그 육신에서 넘쳐나 넘실거리고 있는 방대한 차원력이 그의 시선을 끌었다.

"아, 그게……. 흠, 손 좀 만져도 되나요?"

"네? 어……."

"아뇨, 그런 거 아닙니다."

최재철은 물론 여자애의 손 한번 만져보겠다고 수작을 부린 건 아니었다. 결국 다른 것보다 호기심이 더욱 컸는지 자신에게 손을 내미는 여자애의 손가락 끝만 살짝 만졌다.

빠직.

살짝 차원력을 흘렸을 뿐인데, 그녀의 손끝에서 정전기가 일듯 섬광이 한 번 반짝였다.

"어?"

여자애는 고개를 갸웃거렸다. 무슨 일이 일어난 건지 아직 모르는 모양이었다. 최재철은 한 번 슬쩍 웃었다.

그때쯤 교관이 돌아와서 여자애는 서둘러 자신의 자리로 돌아갔다.

"죄송합니다. 이렇게 빨리 C급에 도달하는 실습생이 있을 거라고 생각 못 해서 교보재 준비에 미비가 있었군요. 실습을 계속하도록 하죠. 자, 그럼 다시……."

교관은 마치 고무처럼 보이는 이상한 소재로 만들어진 교보재를 최재철의 앞에 내려놓았다.

"시작하시죠."

더 이상 이목을 끌고 싶지 않았던 최재철은 더 이상 차원력을 발휘하지 않았다. 따라서 그가 새로운 교보재를 손에 쥐어도 물론 아무 일도 일어나지 않았다.

대신 그의 대각선 뒷자리에서 지직거리는 소리가 났다. 방금 전에 최재철이 손을 만진 여자애가 범인이었다. 종이 전체가 푸른빛으로 반짝이는 신비로운 광경에 모두의 시선이 그쪽으로 쏠렸다.

"42번 이지희 님이로군요."

교관은 조금 전보다는 냉정하게 대응했다. 여자애, 이지희의 앞에 금속판과 플라스틱 판을 차례로 내려놓고, 둘 모두에다 이지희가 푸른빛을 발생시키자 최재철이 일부러 반응시키지 않았던 새 교보재를 내려놓았다. 그리고 최재철이 예상했던 대로 이지희는 새 교보재에도 능력을 발휘시켰다.

그러자 이젠 모두의 이목이 이지희에게 쏠렸다.

"손! 제 손 좀 잡아주세요!"

교관이 있음에도 불구하고 뻔뻔하게 이지희에게 이런 소릴 하는 남자도 나올 정도였다. 상황이 생각했던 대로 흘러가자 최재철은 남몰래 빙그레 웃었다.

최재철이 아까 이지희에게 한 건 그녀의 몸속에서 막혀 있던 차원력의 통로를 바깥으로 뚫어준 것뿐이다.

그녀는 방대한 차원력을 갖고 있었지만 그 힘을 활용하는 방법을 몰랐다. 그래서 D급 판정을 받았을 것이고, 이 교실에서 실습을 이수하고 있었다. 하지만 통로가 뚫린 지금은 B급 이상의 판정을 받는 것도 무리는 아니리라.

이지희의 존재가 두각을 드러낸 덕분에 이 교실에서 가장 눈에 띄는 존재는 그녀가 되었다. 최재철은 필수 교육 첫날에 C급 판정을 받은 이 교실의 유일한 학생이었지만, 하루만에 B급을 받은 이지희에 비하면 그리 화제가 되지도 않았다.

　　　　*　　　　　*　　　　　*

필수 교육을 마치고 집으로 돌아가려는 최재철의 앞을 누군가가 가로막았다. 이지희였다. 오늘 교육 중에 최재철이 차원 능력을 발휘하도록 도와준 여자애다.

최재철은 이지희의 옆으로 돌아나가려고 했다. 그러자 그녀는 최재철을 불렀다.

"잠깐만요!"

솔직히 별로 엮이고 싶지는 않았지만, 그냥 무시하고 지나가는 것도 좀 그래서 그는 그녀에게 고개를 돌렸다.

"아, 안녕하세요?"

"안녕하세요……. 아니, 이게 아니잖아요."

"뭐가요?"

"오늘 고마웠다는 말씀을 드리려고 했는데."

"별말씀을, 그럼."

감사 인사를 받는 건 나쁘지 않았다. 최재철은 고개를 한 번 끄덕여 인사를 받아주고 다시 제 갈 길을 가려고 했다. 그러자 이지희는 최재철의 손을 덥석 붙잡았다.

"아, 잠깐만요."

"네?"

"저, 저기… 같이 식사라도 안 하실래요?"

뒤늦게 부끄러움이 찾아오기라도 한 건지, 슬며시 잡았던 손을 놓으며 여자는 말했다.

그 말을 들으며 최재철은 생각했다.

그의 방에 조리 도구 따위는 없다. 평소에는 편의점 음식으로 끼니를 때운 게 분명한 방의 광경이 떠올랐다.

즉, 저녁 식사는 어차피 외식을 해야 했다. 혼자 밖에서 밥 먹는 거야 별로 상관없었지만, 한국에선 그런 광경이 이상하게 시선을 끈다는 것을 뒤늦게 생각해 냈다.

침묵에 잠긴 최재철의 모습에 무슨 생각을 한 건지, 이지희는 급하게 덧붙였다.

"제가 쏠게요!"

"가시죠."

더 달리 고민할 이유가 없었다.

*   *   *

교습소에서 그리 멀지 않은 일본식 돈가스 전문점으로 향한 두 사람은 자리에 앉았다. 시간대도 아직 이른지라 다른 손님은 거의 없었다.

"저한테 뭘 어떻게 하신 거예요?"

자리에 앉자마자, 이지희는 최재철에게 그런 질문을 던져 왔다. 더 이상 호기심을 참지 못해 다른 거 다 생략하고 질문 부터 던졌다는 인상이다. 평소에도 궁금한 걸 못 참는 성격이리라.

"뭐 말이죠?"

"오늘 수업 시간에……."

냅다 질문부터 던진 게 실례인 걸 뒤늦게 깨달은 탓인지, 이지희의 뺨이 붉게 물들었다. 이렇게 보면 귀여워 보이지 않는 것도 아니다. 제대로 꾸미지 않았는데도 불구하고 꽤 예쁘 장한 외모도 한몫하고 있었다.

"아아, 그건……."

최재철은 웃으며 대꾸했다.

"그냥 아가씨가 예뻐서 손 한번 잡아보려고 수작 부린 거예요."

"그런 거였다면 이 자리에서 밥을 제가 쏘진 않겠죠? 이 자리도 제가 거의 억지로 간신히 만든 것 같은데. 최재철… 씨가 제게 호감이 있는 거였다면 밥값을 내는 건 제가 아니라 최재철 씨였겠죠."

이지희는 뺨을 부풀리며 곧장 반론을 던져왔다. 그런 그녀의 반론에 최재철은 이렇게 대답했다.

"아, 로스까스 시켜도 되나요?"

그 대꾸에 이지희는 삐친 듯 최재철을 노려보았다. 하지만 곧 손을 들어 외쳤다.

"여기요, 로스까스 두 개 주세요."

주방에서 직접 예, 라는 외침이 들려왔다. 주문이 들어간 것을 확인하고, 다시 이지희는 최재철을 노려보았다. 나는 밥을 샀으니 너는 대답을 하라는 강렬한 주장이 담긴 시선이었다.

"진짜 별거 아닌데. 전 그냥 종이에다 대고 한 걸 아가씨 손에다 한 것뿐이에요."

"…종이는 갈기갈기 찢어지지 않았나요?"

"네. 그러니 사실 아가씨 손이 갈기갈기 찢어졌을 수도 있죠. 제 능력이 C급에 불과해서 아무 일도 안 생기기는 했지만."

농담조로 말하기는 했지만 부분적으로 사실인 대답이었다. 실제로 그가 출력을 조절하지 않았더라면 이지희의 손은 종 잇장처럼 찢겨 나갈 수도 있었으니 말이다. 그런 대답을 들은 이지희는 최재철을 빤히 쳐다보았다.

"거짓말."

"네?"

"얼굴에 쓰여 있어요, 거짓말이라고."

그렇게 장난스럽게 말한 이지희는 순진한 어린아이처럼 웃었다. 그런 이지희의 말에 최재철은 내심 당황했다.

'이 아가씨에게 거짓 탐지 능력이 발동한 건가. 그런 건 탐지 못 했는데.'

최재철의 표정을 보고 그가 불쾌해한다고 생각한 건지 이지희는 당황하며 급하게 말했다.

"죄송해요, 농담이에요. 혹시 불쾌하셨다면 사과드릴게요."

"아뇨, 저야말로. 아가씨 손을 찢는다느니 이상한 소릴 먼저한 건 저니까."

"사실 이런 이야기보다는… 고맙다는 말씀을 먼저 드렸어야 하는데."

"네?"

이지희는 다시 얼굴을 붉히며 손가락을 꼼지락거렸다.

"최재철 씨가 아니었다면 저는 능력을 사용하는 법도 몰랐

을 거예요. 그래서 고맙다는 말씀을 드리려는 것도… 있었어
요."

"아뇨, 이지희 씨는 제가 아니었어도 능력에 눈뜨셨을 겁니
다. 그렇게 방대한 차원력을 갖고 계시니 시간 문제였죠."

"차원력?"

이지희의 눈이 반짝였다.

"그게 뭐죠?"

그녀의 반응에 최재철은 아차 했다. 한국에서는 차원 능력
을 차원력이라는 자원을 소모해서 사용한다는 개념도 아직
밝혀지지 않았던 모양이었다. 이계에선 다 아는 거라고 필수
교육의 이론 시간을 대충 넘겨 버린 것이 실수였던 모양이다.

"아, 제가 어벤저에 관심이 많아서 번역서로 먼저 공부를 했
었거든요."

최재철은 그렇게 방금 생각난 변명을 해보았다. 그러자 이
지희의 대답은 이러했다.

"그건 저도 그래요. 요즘 어벤저에 관심 없는 사람이 어디
있어요? 하지만 차원력이라는 단어는 처음 듣는데, 그게 뭐
죠?"

최재철은 이지희 몰래 한숨을 내쉬었다. 아무래도 잘못 걸
린 모양이었다.

"차원력이라는 건 차원 능력… 아, 한국에서는 어벤저 스킬

이었나요? 어벤저 스킬을 발동시키는 데 필요한 자원이라고 이해하시면 편합니다."

"자원이요?"

"네. 뭐… 마법을 사용할 때 마나가 필요한 거라고 생각한 것과 같습니다."

"아아."

이지희는 이해한 듯 고개를 끄덕였다.

"그런 말씀을 듣고 보니 확실히 마법 같긴 하네요. 이 어벤 저 스킬이라는 거."

손끝에서 파직거리는 스파크를 잠깐 일으켜 보이며 이지희 는 대답했다.

"네, 그러니까 능력을 무한정 사용할 수 있는 건 아닙니다. 자원이… 차원력이 소모되니까요. 뭐, 시간이 흐름에 따라 저 절로 차오르기는 합니다만 쓸데없이 남용하는 건 별로 추천 하고 싶지는 않네요."

최재철의 말에 이지희는 곧 스파크를 꺼뜨렸다. 그러다가 문득 얼굴을 들어 최재철의 눈을 바라보며 말했다.

"저기, 혹시 실례가 안 된다면 스승님이라 불러도 될까요?"

"뭐, 그거야 별 상관없습니다만, B급 어벤저가 C급 어벤저 를 상대로?"

"제가 모르는 걸 가르쳐 주시는 분이 스승님이 아니면 뭐겠어요."

이지희는 웃으며 대답했다.

*   *   *

최재철은 어벤저용 단말기에 등록시킨 이지희의 이름을 바라보았다.

"…뭐, 인맥이 있어서 나쁠 건 없겠지."

지나치게 호기심이 많은 이지희의 성격이 약간 부담되기는 했지만, 그래도 그녀는 꽤나 유능한 인재가 될 터였다.

지금은 일개 B급 어벤저지만, 그것은 그녀가 능력을 활용하는 방법을 아직 잘 모르기 때문에 그렇게 판정된 것에 불과했다. 그 막대한 차원력을 제대로 활용하게 되면 A급 어벤저는 물론이고 다양한 차원 능력을 활용할 수 있는 마법사로 성장할 수도 있다.

그래 봤자 가능성의 이야기라고 한다면, 그 말은 맞다. 지금 이지희는 당장 차원 균열 안에 던져 넣으면 B급이 아니라 그냥 단번에 죽어나갈 초심자에 불과하다. 그렇기에 더욱 많은 수련과 교육을 필요로 한다.

바로 최재철 같은 스승의 가르침을 말이다.

그걸 본능적으로 알아챈 건지 어떤 건지는 몰라도, 이지희는 최재철을 상당히 따르고 있었다. 스승님, 스승님하고 부르며 쫓아다니는 모습이 귀엽게 보이지 않는 것은 아니다. 꾸미지 않아서 그렇지, 기본 바탕은 꽤나 귀여운 얼굴이기도 하고 말이다.

거기까지 생각한 최재철은 고개를 저었다.

여자 얼굴에나 홀리고 있을 때가 아니었다. 그에게는 할 일이 있었다.

김인수는 복수자다. 불법적인 일을 행하지 않으면 안 된다.

법이 처벌하지 않은 자를 그의 손으로 처벌하고, 죄지은 자가 마땅히 받아야 할 죗값을 물리는 대가로 그는 범죄자가 될 것이다. 김인수는 그러하다.

"후."

짧게 한숨을 내쉰 그는 단말기를 주머니에 도로 집어넣었다.

어차피 최재철로서의 인맥이다. 불상사가 생기면 최재철이라는 신원은 감춰 버리면 그만이다. 만약의 경우가 닥쳐오더라도 그녀에게 피해가 갈 일은 없게 만들 수 있을 터였다. 이지희는 김인수를 모르고, 김인규에 대해서도 모를 터였다. 완전무결한 부외자다.

이지희는 최재철로서만 상대한다. 이 원칙만 지킨다면 큰 문제는 없을 터였다. 오히려 갑자기 관계를 끊어버리고 쓸데없이 원한 관계를 만드는 편이 더욱 위험하다.

그는 그렇게 판단을 내렸다.

이지희에 대해 생각하는 건 이걸로 끝이었다. 최재철의 역할도 오늘은 이걸로 끝이었다.

하지만 김인수는 아니었다.

5장

진현우

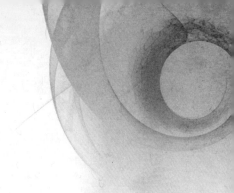

　김인수는 모습을 감춘 채 박기범의 자택으로 향했다. 깨진 창문 사이로 집 안에 침입한 그는 가장 먼저 박기범의 휴대폰을 들어 올렸다. 충전은 끝나 있었다. 그가 휴대폰의 전원을 켜자, 알림이 몇 개 떠 있었다.

　오원추로부터 온 연락이었다.

　[김전훈이 입원한 거 아냐? 내일 문병 갈 건데 너도 올래?]

　그의 입에 비릿한 미소가 걸렸다. 가능성의 하나로 생각만 해두었던 건데, 일이 이렇게 잘 풀릴 줄은 몰랐다.

　김인수는 박기범의 모습을 취했다. 헛기침을 몇 번 해서 목소리를 가다듬은 그는 통화 버튼을 눌렀다.

—여보세요? 박기범이. 왜 이렇게 연락이 늦냐?

"휴대폰을 잃어버려서 간신히 찾았어. 그보다 뭐야? 김전훈이 입원했다는 거."

물론 그 목소리는 박기범의 목소리였다.

—김전훈이 이상한 취미 있는 거 알잖냐. 그러다 반격이라도 먹은 모양이야.

대화는 자연스럽게 이어졌다. 오원추는 박기범에 대해 별로 의심하는 것 같지는 않았다. 목소리 재현이야 완벽했지만, 말투가 문제였는데 별문제 없었던 모양이었다.

"자업자득이라 이거군."

—그거야 그렇다만 걔 앞에서는 그런 말 하지 마라.

"그거야, 뭐. 그보다 얼마나 다쳤대냐?"

—온몸의 뼈를 다 작살을 내봤단다. 팔다리는 물론이고 손가락부터 갈비뼈까지 다 부러졌다던데. 그래도 신기하게 부러진 뼈가 내장까진 닿지 않아서 생명에는 별 지장이 없다 그러더라. 뭐, 격투기 챔피언이라도 건드렸나? 어떻게 그렇게 됐지?

오원추는 재미있는 썰이라도 풀 듯 나불나불 떠들었다. 이 놈도 김전훈을 별로 불쌍하게 생각하지 않는 모양이었다.

'격투기 챔피언이라니 재미있는 상상을 하는군.'

그걸 부러뜨린 게 나라고 말하면 어떤 반응을 보일까. 그는 문득 궁금해졌지만 호기심은 일단 덮어두었다.

"그래서? 내일 문병은 누구누구 가냐?"

—나랑 너.

"시커먼 남자 둘이?"

—일단은 진현우한테도 연락했는데 그분께서 오실지 모르겠다.

진현우.

진가규의 손자이자… 아마도 그의 신변에 닥친 불행의 원인을 직간접적으로 제공한 인물. 하지만 심증만 있지 확신할 만한 증거 같은 건 없었다.

—너도 알잖냐, 그분 A급 어벤저야. 이래저래 바쁘시지 않으시겠냐?

"A급 어벤저라."

—금수저가 좋은 게 뭐겠냐. WF에서 이미 한자리하고 있는 것 같더라.

진현우가 A급 어벤저인 건 페이스북에다 대대적으로 자랑을 하고 있는 터라 그도 잘 알고 있었다.

진가규의 손자가 A급 어벤저라니. 물론 그냥 우연의 일치일 수도 있지만, 진씨 일가와 WF가 인위적으로 사람을 각성시키는 기술을 갖고 있을 가능성도 결코 낮지만은 않았다.

애초에 차원 균열로 그를 던져 넣은 게 진가규고, 지금 차원 균열과 관련된 산업으로 최고의 자리에 오른 기업이 WF이기도 했다.

'긴장을 풀 수는 없겠군.'

내일 진현우가 오는지 안 오는지도 모르지만, 어쨌든 대비는 단단히 해서 나쁠 게 없었다.

"내일 몇 시?"

―백수 새끼가 뭘 그런 걸 따지고 앉았어?

"그래서 몇 시?"

―두 시에 가자. 아, 진현우한테 연락 오면 걔한테 맞춰서 바뀔 수 있어.

"알았다."

그는 전화를 끊었다. 병원 이름과 위치는 이미 문자로 받은 터였다.

"후."

짧게 한숨을 내쉬며 그는 박기범의 침대에 몸을 던졌다. 며칠 안 써서 그런지 먼지가 피어올랐다. 휴대폰을 배 위에 올린 채 쉬고 있던 그는 부우웅 하는 진동음에 정신을 차렸다.

[현우 내일 온단다. 3시.]

문자를 받은 그는 픽 웃었다.

[알았다.]

짧게 답문을 보내고, 박기범의 휴대폰을 충전기에 꽂은 그는 본격적으로 잠을 청했다.

*   *   *

아무리 전 세계에 차원 균열이 열리고 차원 마수, 지구에서는 어보미네이션이라 부르는 것들이 출몰하는 흉흉한 시대가 되었다 한들 서울 강남의 분위기는 10년 전에 비해 크게 달라지지도 않았다.

김인수는 이 화려한 거리와는 10년 전에도 영 인연이 없긴 했지만, 그래도 한 번도 와보지 못한 건 아니었다. 비정규직 시절, 심부름을 하기 위해 몇 번 지나친 게 다이긴 했지만 말이다.

오늘도 그는 강남에 놀러온 것이 아니었다. 김전훈의 문병을 위해 박기범의 모습으로 강남까지 오게 되었다. 사실 병원이 강남에 있는 건 아니었지만, 진현우가 강남에서 만나서 같이 가자고 하는 바람에 오원추와 그가 일부러 여기까지 와야 했다.

그는 지금 정장을 빼입고 있었다. 정장은 그의 것이 아니고 일부러 박기범의 집에 침입해서 가져온 것이다. 그냥 위상 변화로 처리해도 될 일이었지만, 쓸데없는 의심을 사지 않기 위한 조치였다.

그래서 복장까지는 진짜였지만 얼굴과 몸까지도 능력을 사용하지 않을 수는 없어서 결국 위상 변화를 취하기는 했다. 의심을 사지 않기 위해 김인수의 모습으로 난입하는 건 앞뒤가 뒤바뀐 짓이니 어쩔 수 없었다.

"A급 어벤저라. 어느 정도 능력자일까."

진가규의 손자이자 A급 어벤저라는 진현우와 오늘 얼굴을 맞대게 된다. 지구에서의 능력자 구분은 B급까지 대충 감이 잡혔지만, A급 이상이 정확히 어느 정도의 능력을 지니는지는 김인수도 몰랐다. 그러니 그로서도 나름 긴장을 할 수밖에 없었다.

"무지는 죄가 아니지만, 약점이기는 하지."

그는 쓴웃음을 흘렸다.

약속한 카페에 들어서자, 금요일 오후 2시 30분이라는 꽤나 장사가 잘 되는 시각일 터임에도 불구하고 안은 거의 텅 비어 있다시피 했다.

그리고 카페의 가장 크고, 화려하고, 편안한 의자에 상당한 미녀 둘을 양옆에 앉힌 진현우가 박기범의 모습을 한 김인수를 알아보고 가볍게 손을 들어 보였다.

"여, 박기범이, 오랜만이야."

대답하는 대신 그는 슥 진현우를 훑어보았다.

진현우는 온몸을 고급으로 치장하고 있었고, 그건 썩 잘 어울렸다. 아마 전문가의 코디네이션이라도 받은 것이리라. 분명 미남이기는 하지만 20대 후반일 텐데도 아직 애송이 티가 묻어난다. 본인이 대단한 사람이라기보다는 대단한 사람의 혈연이라는 느낌이다.

물론 그에게는 이런 진현우의 인상이 중요한 건 아니다.

중요한 건 차원력.

차원력은 거의 드러나지 않았다. 숨기고 있는 건지 눈으로만 확인할 수 있는 차원력의 크기는 D급 정도에 불과했다.

'하긴 A급 어벤저라면 자신의 차원력을 숨기고 다니겠지.'

실제로 적어도 그가 있던 이계에서는 대부분의 능력자는 자신의 차원력을 숨기고 다니는 것이 일반적이었다. 차원력을 질질 흘리고 다니는 건 어설픈 애송이들 정도고, 보통 꽁꽁 숨겨서 쓸데없이 차원력이 낭비되는 것을 막고 자신의 능력도 숨긴다.

그리고 진현우도 아마 그런 부류일 것이다. 김인수는 그렇게 생각하기로 했다.

아무리 그래도 D급 어벤저가 서류상으로만 A급으로 조작되어 있을 거라고 넘겨짚는 건 너무 안이하지 않은가. 자신에게 유리한 방향으로 멋대로 망상하는 것은 적어도 그의 인생에서 좋은 결과를 가져다 준 적이 거의 없었다.

그보다도 신경 쓰이는 건 진현우가 앉은 소파 뒤에 선 남자였다.

정장 차림에 머리는 짧게 깎고 선글라스를 낀 그 남자는 지나치지 않게 단련된 근육을 옷 속에 숨기고 있을 터였다. 외모야 더없이 '전 경호원입니다'라고 주장하는 듯 꾸미고 있었지만, 사실 평균을 넘지 않는 키 탓에 그리 위협적인 인상은 주지 않았다.

'B급… 이로군.'

하지만 김인수는 남자의 본질을 파악했다. 어벤저다. 키나 근육 같은 게 중요할 리가 없었다. 중요한 건 능력이니까.

'A급 어벤저의 경호에 B급이라니. 이상하긴 하군.'

그렇게 생각하기는 했지만 깊이 생각하지 않았다.

"빨리 왔군."

"아니, 난 처음부터 여기 있었어. 네가 온 거지."

진현우는 크큭 웃으며 개라도 쫓듯 여자들에게 손짓했다. 그러자 여자들이 자리에서 일어나 다른 곳으로 갔다.

"누구야?"

"아, 이 여자들? 내 액세서리."

진현우는 아무렇지도 않게 말했다. 그 목소리를 들었을 여자들도 그리 불쾌하게 여기는 것 같지는 않았다. 돈이라도 두둑하게 받는 모양이었다.

"어때? 이 카페."

"좋은데? 왜 장사가 안 되는지 궁금할 정도로."

"그야 문을 닫았으니까. 전세 낸 거라고 생각해."

"뭐?"

"이 카페가 내 것이거든. 새로 차렸어."

"어, 그래."

생각에 잠겨 있던 김인수는 건성으로 대답하며 진현우의 맞은편에 앉았다. 그걸 본 진현우가 눈을 한 번 크게 떴지만, 다음 순간 여유 있게 웃었다.

"오늘은 봐준다."

김인수는 진현우가 무슨 말을 한 건지 순간적으로 이해하지 못했지만, 그에게서 누군가의 모습을 연상해 냈다. 사막의 제왕, 그를 제물로 쓰기 위해 김인수를 차원 균열로 들여보낸 높으신 분의 표정과 지금 진현우의 표정이 겹쳐 보였다.

'박기범도 진현우 앞에서는 한낱 똘마니에 불과했군.'

김인수는 웃었다. 그저 웃었을 뿐이었다.

"웃어?"

진현우가 눈을 부릅떴다. 제 딴에는 위엄을 보이려 한 짓일 터였다.

'그런데 그게 뭐 어떻다고.'

김인수는 소릴 내어 웃었다. 박기범의 목소리로. 그러자 진현우가 일어섰다. 이 카페에서 가장 편안하고 좋은 자리, '왕좌'에서 일어났다.

'칼이라도 뽑아 들고 사형이라도 명할 것 같군.'

김인수는 비웃음 섞인 시선을 진현우에게 던지며 생각했다.

그때, 카페 문이 열리며 오원추가 들어왔다.

"아, 박기범이! 현우야!"

2m가 넘지는 않더라도, 180㎝는 훌쩍 넘길 거한이 살가운 웃음을 지으며 그들에게 다가왔다. 평소에 단련을 하고 있는 건지, 온몸에 빈틈없이 들어찬 단단한 근육이 인상적이다.

"뭐야, 분위기 왜 이래?"

"원추, 왔나."

"어, 어어……."

오원추는 명백히 당황한 눈치였다.

'흥, 과연 그렇군.'

박기범과 마찬가지로 이 오원추도 진현우의 똘마니였으리라. 아니, 굳이 과거형을 쓸 필요도 없으리라. 지금도 그렇겠지.

"하, 원추, 웃기지 않아?"

"뭐, 뭐가?"

"박기범이 내 앞에서 웃더라고."

"아, 그래?"

그제야 무슨 일인지 파악했다는 듯, 오원추는 크게 고개를 두 번 끄덕였다. 그리고 즉시 그 어지간하게 여자애 머리통만 한 주먹을 그에게 휘둘렀다.

"후."

그는 짧게 한숨을 내쉬었다. 하기야 어차피 할 복수였다. 이 오원추는 인규의 오른팔을 부러뜨렸다. 그리고 그 악업을 행했을 주먹이 그를 향해 날아오고 있다. 그럼 해야 할 일은 한 가지.

"끄아아아아악!"

오원추의 비명이 카페 안을 가득 채웠다. 오른팔이 부러졌다. 비명도 나오리라. 평화 속에 사는 평범한 현대인이라면 말이다. 물론 부러뜨린 건 김인수다. 주먹을 살짝 피하고 손날로 지나가는 오른팔을 툭 쳐주는 것만으로도 충분했다.

"뭐야?"

진현우가 당황한 듯 말했다. 그러나 그것도 잠시, 진현우가 그에게 주먹을 날려 왔다. 차원력을 담은 주먹을.

"허."

그는 어이없이 웃었다. 그도 그럴 만했다. 주먹에 담은 차원력의 양이 형편없었기 때문이었다. 이 정도라면 그냥 맞아줘도 될 법했지만, 그건 좀 자존심 상했다. 게다가 만약 연계 스킬이라도 발동한다면 골치 아파질 것도 같았고.

'역시 상대의 능력을 모르니 대처하기 귀찮군.'

그래서 그는 그냥 공격을 피하는 동시에 진현우에게 분석 스킬을 슬쩍 뿌려보았다. 간파당하면 살짝 위험할 수도 있었지만, 그런 기색은 없었다.

'이 새끼… 이거.'

진현우의 몸속을 분석한 김인수는 어이가 없어서 말을 못 했다.

'D급이잖아?!'

인간이 차원력을 모으게 되면 몸의 어딘가에 차원력 코일 이라는 걸 생성하게 된다. 부위는 개인차가 있지만, 어쨌든 차원력이 모일수록 그것은 몸속에 용수철 형태로 쌓인다. 그 형태를 따서 김인수는 코일이라고 부르고 있다.

그 코일이 한 바퀴 두르는 걸 기준으로 차원력의 크기를 가늠하는데, 이 진현우란 놈은 그 코일 한 바퀴조차 채 완성하지 못했다. 이놈을 상대로는 코일은커녕 서클이라는 단어도 아깝다.

'이런 놈이 어떻게 A급 라이센스를 땄지?'

그렇게 의문을 가지자마자 답은 바로 도출되었다.

서류 조작이다.

어벤저는 그 중요도 때문에 국가에서 지원해 주는 직업이다. 라이센스의 급이 높을수록 더 많은 지원을 받을 수 있다는 건 말할 것도 없다.

A급 라이센스를 가진 어벤저라면 세금 면제부터 시작해서 온갖 복지 혜택에 연금까지, 그야말로 엄청난 혜택을 받게 될 것이다. 이 모든 혜택은 당연히 세금으로 이뤄진다.

이 혜택을 착복할 목적으로 라이센스의 급을 조작했으리라는 건 쉽게 상상이 갔다.

어떻게? 여기에 어떻게는 필요 없다. 진현우의 할아버지는 김인규의 자살로 인해 드러난 불상사를 완전히 무마해 버릴 수 있을 금력과 권력, 인맥의 소유자니까.

'그럼 이 뒤에 있는 경호원 같은 놈은…….'

그쪽으로도 분석을 날려봤더니, 정직한 B급이었다. 뭔가 특이한 고유 능력 같은 걸 가지고 있지도 않은 스트레이트한 신체 강화 능력자. 말 그대로 그냥 경호원이었다.

"이거야 원, 긴장한 내가 바보 같게 되잖나."

김인수는 픽 웃었다.

"진현우, 나는 어벤저다."

"뭐?"

차원력을 실은 펀치가 회피당했음에도 불구하고 상황 파악이 안 되는 듯, 진현우는 얼빠진 목소리로 되물었다. 그는 상관하지 않았다.

"나는 이미 어보미네이션 한 마리를 죽인 적이 있어. 그런데 넌 어떻지? 그 맥아리 없는 펀치로 나도 못 잡는데, 어보미네이션을 죽일 수 있겠나?"

"난 A급 어벤저야! 넌 C급이고! C급 버러지가!"

"허, 그러냐. 내가 C급인 건 어떻게 알았지?"

"너 같은 버러지는 C급이 어울리니까!"

진현우의 말에 김인수는 코웃음을 쳤다. 그리고 그는 팔을 들어 올렸다.

"자아, 내가 뭘 하는지 보이냐?"

"뭐?"

진현우에게는 김인수가 펼친 능력이 보이지 않는 모양인지, 그저 어리둥절해했다. 이놈이 진짜 A급 능력자라면 이런 반응을 보여서는 안 된다. 최소한 당황해서 허둥대기라도 해야 했다. 눈앞의 능력자가 자신을 초월하는 절대자임을 깨닫고 무릎이라도 꿇어야 했다.

방금 김인수가 발휘한 능력은 최고위 능력 중 하나인 차원제어 능력이었다. 이 카페는 김인수가 차고 있는 아티팩트, 인롱의 팔찌를 매개로 한 차원 단절의 능력으로 인해 바깥과 완전히 단절된 상태였다.

이 정도의 고위 능력이다. B급이라도 차원력의 파동 정도는 느꼈을 거고, C급이라도 뭔가 이상하다는 것 정돈 눈치챘을 것이다. 실제로 진현우의 뒤에 선 경호원은 주변을 두리번거리기 시작했다.

"버러지 새끼가 허세를!"

그러나 진현우의 반응은 이거였다. 김인수는 코웃음을 쳤다.

"허, 버러지 새끼한테 맞아 뒈지는 놈은 그럼 뭐가 되지? 한번 볼까?"

김인수는 주먹을 꾹 쥐고, 진현우에게 그걸 날렸다. 기습조차도 아니었다. 예고된 공격. 정면을 향해 날린 스트레이트 펀치.

평범한 능력자라면 당연히 반응하고 피하거나 막아야 한다. 그러나 김인수의 공격은 아무 저항 없이 진현우의 심장을 꿰뚫었다. 퍼억, 하는 소리와 함께 피가 확 튀었다.

"우, 아?"

진현우는 방금 무슨 일이 일어난 건지 제대로 이해하지 못한 듯 고개를 갸웃거렸다. 그러나 다음 순간, 그의 뇌보다 먼저 몸이 반응했다. 진현우의 몸이 풀썩 쓰러졌다.

"도련님! 이 자식!!"

경호원이 바로 소파를 뛰어넘어 김인수를 습격했다.

그러나 고작 B급 신체 강화 능력으로 그를 어찌할 수는 없다. 김인수는 경호원의 공격을 너무나도 쉽게 회피하고, 손가락 하나를 내밀었다. 파직! 순간적으로 푸른 섬광이 튀었다.

"자고 있어라. 방해하지 말고."

김인수는 전기 충격기와 같은 원리로 순간적인 고압 전류를 경호원의 몸에다 흘려 넣었다. 그 결과, 경호원은 그대로 기절했다.

"꺄아아아아악!"

한 박자 늦게 찢어질 것 같은 비명 소리가 카페 안을 내달렸다.

"도련님! 도련님이!!"

"겨, 경찰! 경찰 불러!!"

진현우의 옆에 앉아 있던 미녀들과 카페 안의 종업원들이 놀라서 난리를 피우기 시작했다. 그러나 김인수는 그들을 딱히 막지 않았다.

'암만 경찰에 연락을 해봐라, 연결이 되나.'

차원 단절은 단순히 전파만 막는 데 그치지 않고, 사람의 출입도 막고 시야도 막아버린다. 지금 이 안에서 무슨 일이 일어나든 바깥의 인간들은 전혀 간섭하지 못한다.

진현우가 진짜 특급 능력자라서 단절된 공간에도 간섭할 수 있는 능력을 지녔다면 이야기는 달라졌겠지만, 그런 일은 일어날 수 없다.

이 새긴 그냥 쓰레기니까.

"일어서, 새꺄."

김인수는 진현우에게 명령했다. 진현우는 홀린 듯 그 자리에서 일어났다. 다른 놈들도 소란을 멈추고 멍하니 진현우가 일어나는 광경을 바라보았다.

"어? 나, 왜……."

트롤 고문관의 반지의 힘이다. 김인수가 박기범을 실컷 팬 후 상처를 모두 없앴던 것처럼 진현우의 상처도 사라져 있었다.

"누가 A급이라고? 이 D급 새끼야. 아니, 너한텐 D급도 아깝다. 널 위해 E급이라는 새로운 라이센스를 만들어도 되겠어."

김인수의 적나라한 발언에 진현우의 얼굴이 새빨갛게 달아올랐다.

"날 놀린 거냐!"

"아니, 넌 분명히 죽었었어. 그리고 또 죽을 수도 있지. 다시한 번 죽어볼 테냐?"

"뭐……!"

진현우의 얼굴이 파랗게 질렸다. 또 죽기는 싫은 모양이었다. 그야 심장이 날아가는 경험을 했다. 그런 걸 두 번 맛보고 싶은 인간은 없으리라.

"너한테서 좀 듣고 싶은 이야기가 있어서 말이야, 진현우."

파지지직. 그의 손끝에서 푸른 전광이 날카로운 소리와 함께 타올랐다.

"널 좀 고문해야겠다."

"……!"

진현우는 잔뜩 쪼그라든 표정으로 주변을 둘러보았다. 경호원은 기절해 있었고, 오원추는 부러진 팔을 부여잡은 채 끙끙거리고 있었다. 진현우 본인이 액세서리라 표현한 미녀들은 애초에 도움이 될 거라고 생각하지 않았고, 카페의 종업원들은 겁에 질려 카운터 너머에 숨어들고 있었다.

"이 쓸모없는……."

빠드드득. 진현우의 이빨이 갈렸다. 적대심 가득한 시선은 곧 김인수를 향했다.

"박기범, 이 배은망덕한 새끼……. 누가 네 죄를 없애줬는지도 잊었어?"

얼굴을 시뻘겋게 물들이며 진현우는 그렇게 외쳤다.

"내 죄 말인가?"

"어, 그래."

차갑게 식은 김인수의 표정을 보고 무슨 생각을 한 건지, 진현우는 다소 안심한 듯 누그러진 목소리로 말했다.

"김인규의 갈비뼈를 부러뜨리고 기소당했던 걸 잊지는 않았겠지?"

"그걸 어떻게 잊겠나."

"그럼 나에 대한 은혜도 잊지 않고 있겠군!"

"어떤 은혜?"

"이 새끼……."

"자, 말해봐. 내가 너한테 어떤 은혜를 입었지?"

시비라도 걸듯 일부러 건들거리며 말했지만, 김인수는 정말로 몰라서 묻는 거였다. 예상은 하고 있다. 하지만 확신이, 확증이 필요하다. 진현우 본인의 입에서 나오는 증언이라면 가장 확실하겠지.

김인수가 듣고 싶은 건 그것이었다. 그래서 일부러 연기하고 있었다. 그 대답을 끌어내기 위해서. 그리고 그 술수에 진현우는 넘어갔다.

"김인규네 부모를 치워줬잖아! 내가!!"

진현우는 답답함 반, 분노 반이 섞인 목소리로 내뱉었다. 자신의 운명을 파멸로 이끌 말을.

철컥.

소리가 났다. 마치 권총의 실탄이 장전된 듯.

'환청이다.'

김인수는 냉철하게 판단했다. 그와 동시에 그의 이성은 이미 분노로 인해 달아올라 제 구실을 못 하고 있었다. 방금 전의 격철음은 그의 분노에 불꽃이 피어오른 소리였다.

그래, 심증은 있었다. 하지만 확증은 없었다. 그런데 지금 진현우가 자기 입으로 확증을 말해주었다. 김인수가 자신의 심증을 굳히고 확신할 근거를 직접.

'역시 이 새끼였어.'

이상한 점이 한두 개가 아니었다. 인규가 박기범 일당에게 괴롭힘을 당했다. 그리고 김인수의 어머니가 그 일로 학교에 항의를 했다. 그걸로 끝날 수도 있었던 일이었다.

그런데 학교 측은 박기범의 정학을 취소했고, 인규의 갈비뼈가 부러졌고, 폭행죄로 기소된 박기범에게는 무죄판결이 나왔다.

그 일을 기사화한 김인수의 어머니는 교통사고로 돌아가셨고, 어머니의 죽음에 대해 의구심을 느끼고 진상을 캐낸 김인수의 아버지도 자살로 위장되어 살해당했다. 그리고 김인수 본인조차도 차원 균열 속으로 던져졌다.

이 모든 점을 선으로 잇는 존재가 진현우였다. 진현우의 존재가 학교 폭력으로 끝날 사태를 김인수 가문의 멸족으로 키웠다. 자기 친구, 아니, 부하인 박기범의 죄를 사해주겠다는 생각 하나로 네 명을 죽였다.

어느 정도 추측은 할 수 있었다. 진가규라는 괴물이 등장하는 조건으로는 박기범 하나만으로 부족하다. 진현우가 뭔가를 했으리라는 생각은 했다.

그 추측을 진현우가 방금 자신의 입으로 확신으로 바꾸었다.

김인수는 몸을 일으켰다.

그는 스스로가 냉정하다고 생각했지만, 그의 두 눈은 형형히 불타고 있었다.

분노와 증오와 복수심으로.

"사람 둘, 아니지, 인규까지 합치면 셋을 치워서 네 죄를 없애줬다. 이 정도 은혜를 입었으면 알아서 기어도 모르는 판에, 이 좆도 모르는 금수 새끼야! 너는······."

김인수는 진현우의 말이 마저 튀어나올 때까지 기다리지 않았다.

픽!

다시 한 번 진현우의 심장이 터져 나갔다.

"억······!"

힘없는 단말마의 비명을 토해내며, 진현우는 쓰러졌다.

"일어서라, 진현우. 어보미네이션도 세 번은 죽는다고."

"끄윽······."

진현우가 고통스러운 숨을 토해내며 다시 몸을 일으켰다.

사실 트롤 고문관의 반지로 죽은 자는 살릴 수 없다. 그래서 김인수는 진현우가 죽기 직전에 살려내고 있었다. 그 탓에 죽음에 이르는 고통을 이미 두 번이나 느낀 터라, 그의 정신은 극도로 갈아 먹혔을 것이다.

"자아, 진현우, 세 번째다. 이번엔 꼭 막아라. 못 막으면 죽는다."

"그만! 그만해!!"

이번에 끼어든 건 의외로 오원추였다. 팔이 부러진 채 식은 땀을 삘삘 흘리면서도 주인님을 위해 일어나는 꼴이 가상하기는 했다.

"박기범이, 그만해! 네 맘은 알아!!"

"뭐, 이 새끼야?"

오원추의 말에 김인수는 말 그대로 돌아버렸다.

"네가 내 맘을 안다고?"

"그, 그래!"

김인수의 격노에 주춤거리면서도, 오원추는 고개를 끄덕였다.

"네가 인규의 죽음에 책임을 느끼고 있는 것도 이해해! 그 죄책감을 진현우에게 부딪히는 것도 이해는 해! 하, 하지만……."

김인수는 벼락이 내리쳐지듯 오원추에게 달려들었다. 다음 순간.

"끄아아아아악!"

오원추는 격통에 비명을 내질렀다. 생으로 오른팔이 뽑혔다. 그야 괴로울 것이다.

'이놈은 오른팔을 부러뜨린다고 예고했었지. 화가 난 나머

지 도를 넘어선 복수를 했군.'

김인수는 큭큭큭 웃었다.

하지만 복수에 도가 있나?

"오원추, 이 새끼야, 내가 김인규의 죽음에 책임을 느끼고 있다고? 다시 한 번 말해봐라. 네가 나에 대해서 뭘 알아?"

"미, 친 새끼……."

진현우가 입을 열었다. 잘려 나간 오른팔에서 피를 쏟으며 쓰러지는 오원추에게 그의 오른팔을 던지며 김인수는 진현우를 응시했다. 말할 거 있으면 더 말해보라는 의미였다.

"넌 옛날부터 그랬어……. 사디스트 같으니라고……. 너 같은 새끼한테 힘을 줘선 절대로 안 된다고 생각했었지……."

"허."

진현우의 말을 들은 김인수는 혀를 찼다. 여기서 진현우가 자신과 똑같은 생각을 말할 줄은 예상하지 못했다.

"뭔 개소리야, 진현우."

그런 말을 한 건 오원추였다. 뜯겨져 나간 오른팔에서 후드득후드득 피를 흘리며. 지금 당장 기절해도 이상하지 않은 상태인 그는 기이한 흥분에 잠겨 외쳤다.

"인규를 괴롭히라고 박기범한테 명령한 건 너잖아!"

명령?

김인수는 순간적으로 오원추의 말을 알아듣지 못했다.

하지만 그랬다. 그가 오늘 여기에 와서 본 광경은 '왕국'이었다. 사막의 제왕이 다스리는 시골 부락과도 같은 '작은 사회'. 이 사회에서 진현우의 명령은 절대적이다. 박기범조차도 진현우의 앞에서는 일개 병사에 불과하다.

"그래, 내가 명령했지."

진현우는 오만하게 말했다.

"그런데 뭐? 박기범, 이 새끼는 지가 나서서 즐겁게 김인규를 괴롭혔다고. 그런데 이제 와서 나한테 책임을 돌려? 이런 후안무치한 새끼가 있나!"

"…왜 나한테 인규를 괴롭히라고 명령했지?"

박기범은 그냥 김인규와 눈이 마주쳤기에 타깃으로 삼았다고 말했다. 하지만 진실은 달랐다.

"김인규는 내 말을 듣지 않았어. 내 명령을 안 듣는 병사는 처형해야지."

상황 판단이 떨어지는 건지, 진현우는 아무렇지도 않게 말했다.

"박기범, 너도다. 너도 처형할 거야. 그래, 내 능력은 약할지도 몰라. 하지만 우리 집안, 진씨 가문은……."

진현우가 말할 수 있는 건 거기까지다.

쾅.

진현우가 폭발했다. 말 그대로. 비유나 은유적 표현이 아니라, 정말로 그 상반신이 폭발했다. 진현우의 상반신이 피 안개가 되어버리는 것을 김인수는 차가운 시선으로 내려다보았다.

쿠당!

그의 하반신이 힘없이 그 자리에 무너졌다. 그 자리에 있던 모든 이는 충격에 잠겨 말을 잃고 조용해졌다. 숨소리조차 들리지 않았다.

완전무결한 공포 앞에 선 자는 그 어떤 반응도 할 수 없다. 고양이 앞의 쥐처럼, 뱀 앞의 개구리처럼 그저 굳어질 뿐이다.

"심플해졌군."

김인수는 말했다.

"역시 내 원수는 진씨 가문이야."

"박기범, 너……."

오원추는 경악한 채 박기범의 모습을 한 김인수를 바라보았다.

"너… 뭐야?"

알아챈 건가? 내가 박기범이 아니란 걸. 그렇다면 날카롭군.

그 날카로움 때문에 목숨을 잃을 거란 걸 미리 알았더라면, 멍청한 척을 했을 거다.

김인수는 그런 말을 흘리지는 않았다.

"다 카운터 너머에 잘 숨었군. 잘했다."

김인수는 서늘한 미소를 지으며 말했다. 그리고 그는 기절한 경호원을 한 손으로 집어 쓰레기봉투라도 던지듯 카운터 너머로 집어던졌다. 여자들의 비명 소리가 시끄러웠다. 그러나 그는 상관하지 않았다.

곧 그의 몸이 막대한 차원력에 의해 감싸이기 시작했다.

"자, 이걸로 끝을 보자."

그 말을 들은 오원추의 눈동자에 절망의 빛이 드리워졌다. 자신의 운명을 깨닫기라도 한 듯.

다음 순간, 폭발이 일어났다. 불꽃과 폭음이 진현우의 시체와 오원추를 집어삼켰다.

생존자들은 폭발이 끝난 후에도 한참 동안이나 카운터 너머에서 나오지 못했다. 죽음에 대한 공포와 압박감에 숨조차 쉬지 못한 채 그 자리에서 굳어 있었다.

방금 전까지 들리지 않았던 바깥의 소음이 카페 안에 와 치달았다. 차원 단절이 풀린 탓이었다. 사실 몇 초 전에 박기범의 모습이 사라지기 직전부터 들려오던 소음에 겨우 정신을 차린 그들은 간신히 움직일 수 있게 되었다.

진현우의 하반신과 오원추의 하반신, 그리고 박기범의 하반신이 전위예술처럼 흩어져 있는 광경을 본 그들의 입에서는 뒤늦은 비명이 터져 나왔다.

*　　　*　　　*

박기범의 방.

푸른색으로 빛나는 원 하나가 허공에 떠올랐다. 그리고 그 원에서 누군가가 걸어 나왔다.

박기범이었다.

정확히는 박기범의 모습을 한 김인수였다.

폭발의 화려한 불꽃 속에서 그는 슬쩍 몸을 빼내었다. 카페에 남겨진 박기범의 하반신은 고깃덩이에다 적당히 술수를 부려 놓은 것에 불과하다. 속일 수 있어도 그만, 아니어도 그만이지만 안 하는 것보다는 나은 속임수였다.

어차피 들켜봐야 박기범의 신원으로 한 짓이다. 그에게까지 해가 되는 일은 없을 것이다.

"후."

그는 짧게 한숨을 내쉬며 자신의 세 팔찌 중 가운데 있는 팔찌를 바라보았다. 팔찌의 이름은 초시공의 팔찌. 그가 이계에서 지구로 돌아오기 위해 사용했던 귀중한 유물이다.

이 유물은 공간을 초월할 수 있는 힘을 부여한다.

그가 카페에서 몸을 뺄 때도 이 초시공의 팔찌를 매개로 한 순간 이동 능력으로 빠졌다. 이 팔찌의 능력 덕에 그가 지금 박기범의 집으로 이동한 것까지 간파당하지는 않을 터였다.

"다소 즉흥적으로 움직이고 말았군."

그는 중얼거렸다.

"진현우를 사로잡아서 감금했어야 했어.",

인질로 쓴다고는 해도 어차피 살려둘 생각은 없었다. 그래도 더 많은 정보를 얻어낼 수도 있었고, 뭔가 더 얻어낼 게 있었을지도 몰랐다. 그렇게 생각하던 그는 문득 고개를 저었다.

'아니, 이번 일부터가 즉흥적이었다.'

애초에 진현우가 낚일 거라고 생각하고 움직인 것도 아니다. 본래는 오원추 정도만 낚아서 팔 정도만 부러뜨리고 말 계획이었다.

그러나 그의 복수심은 그가 생각하는 것만큼 작은 것도, 제어가 되는 것도 아니었다. 오원추와 진현우를 직접 보고 진상을 알아챘을 때, 그의 복수심에는 이미 불이 붙어 있었다.

죽이지 않고 멈출 수는 없었다.

"후회해 봐야 아무런 소용이 없지."

어떻게 움직였어도 이 결과에 도달했으리라. 그렇게 결론을 내린 그는 미련을 버리고 다음 행동을 취하기 시작했다.

우선 진현우와 오원추의 피에 물든 박기범의 정장을 벗었다. 그리고 손끝에서 푸른 불길을 뿜어 그 정장을 태워 버렸다. 푸른 불길은 연기도 내지 않고 정장을 부지불식간에 태워 버린 후 다른 곳으로 옮겨 붙지도 않고 그대로 사라져 버렸다.

'이제 박기범의 신원은 못 쓰겠군.'

지금까지 쓰고 있던 박기범의 모습은 이걸로 폐기된 거나 마찬가지였다. 사람들이 보는 앞에서 대놓고 살인을 저질렀으니, 이제 박기범의 모습으로 다니면 경찰에 쫓기게 될 터였다.

아니, 그 이전에 공식적으로 박기범은 죽었다. 일단은 카페에 박기범의 하반신을 남겨 죽은 것처럼 처리했으니 말이다.

쯧. 그는 혀를 찼다.

진현우는 죽어 마땅한 놈이다. 용서할 생각도 없다. 죽인 것을 후회하지도, 자책감을 받을 이유도 없다. 다만 문제는 다른 곳에 있었다.

진가규였다.

자신의 손자를 살해당하고도 모른 척 지나갈 진가규는 아니다.

만약 김인수 급의 대마법사가 진가규의 진영에 있다면, 장소의 기억을 열람하는 능력인 비전 능력을 이용해 카페에서 있었던 일들을 복기할 것이고, 그 자리에 있던 박기범이 사실은 살아서 빠져나왔음을 알아챌 것이다.

그러므로 지금 있는 박기범의 방에서도 그는 박기범인 채로 행동해야 했다. 만약 다른 능력자가 이 방에 와서 조사를 하더라도 아무런 힌트도 얻을 수 없도록.

그리고 이제 여기서 박기범은 완전히 증발해야 했다. 깨끗하게, 아무런 흔적도 남기지 않고.

'그래도 최악의 경우에는 내가 지구로 돌아왔다는 걸 들켰다고 생각하고 움직이는 게 낫겠군.'

그럼에도 불구하고 김인수는 최악의 경우를 상정하기로 마음먹었다.

애초에 그가 지금처럼 박기범이나 최재철의 신원을 빌려서 조심스럽게 행동하는 이유는 진가규에게 자신의 존재를 숨기기 위해서였다.

최악의 경우를 떠올린다면 더 이상 무모한 행동을 할 수는 없었다. 당분간 김인수로 움직이는 것도, 직접적인 복수를 위해 움직이는 것도 그만둬야 했다.

적어도 이번에 그가 충동적으로 저지르고 만 행동으로 인해 적들이 얼마나 많은 정보를 얻었는지는 모른다. 그걸 알기 전까지 최대한 조심스럽게 움직여야 한다.

"냉정해져야 해⋯⋯."

그는 주문처럼 그 말을 되새겼다.

박기범은 어보미네이션화시킨 후 죽이고, 김전훈은 전신의 뼈를 전부 부러뜨렸고 오원추는 팔을 뽑은 후 폭사시켜 놨다.

진현우는 세 번 죽였다. 이로써 인규의 복수는 끝냈다.

그래서 속이 시원해졌는가?

"아니."

아니었다. 인규는 괴롭힘 때문에 죽은 게 아니었다. 어머니의 죽음이 동생을 자살로 몰아넣었다. 그리고 아버지도 죽고, 그 자신도 죽을 뻔했다.

진가규의 팔다리를 꺾어놓아 진씨 가문을 완전히 무력화시키지 않는 한 복수는 완결되지 않는다. 진현우 하나를 죽임으로써 종결될 복수는 절대 아니었다.

결국 필요한 것은 힘이었다. 당분간은 최재철로 움직이며 어벤저로서 경력과 힘을 쌓아야 했다. 진가규를 벌레처럼 밟아죽일 수 있는 지구에서의 힘. 금력과 권력, 정보와 인맥이 필요했다.

그때까지 얼마나 걸릴까. 생각하면 정신이 멍해질 것만 같았다.

'10년을 참았다. …더 참을 수 있어.'

그는 가슴 속에서 끓어오르는 살의를 잠재우기 위해 한숨을 푹 내쉬었다.

그는 반지 운반자의 팔찌를 이용해 존재감을 지우고 조용히 박기범의 집에서 빠져나왔다.

그리고 15분 후.

박기범의 집이 폭발에 휩싸였다.

이 가스폭발 사고는 언론에서 짤막하게 다뤄졌다. 일개 시민의 집이 불타는 것은 그들에게 그리 중요한 뉴스가 아니었다. 실제로 심각하게 받아들이는 사람들도 없었고, 쏟아져 나오는 뉴스 속에 매몰되어, 사람들은 잊어버리거나 아예 모르는 작은 사건이 되었다.

*   *   *

진가규가 회장을 역임하고 있는 세계적인 대기업이자 차원 균열과 어보미네이션 산업에서는 일인자 자리를 굳건히 차지하고 있는 WF.

그 WF의 계열사인 WFF. WF의 소유인 차원 균열 관리를 위해 만들어진 이 회사의 부사장실로 급보가 날아들었다.

"뭐? 현우가 죽었어?"

그렇게 말한 이는 WFF의 부사장, 진현우의 아버지이자 진가규의 아들인 진가충이었다. 그 목소리는 별로 충격을 받은 것처럼도, 분노한 것처럼도 들리지 않았다.

─예, 부사장님.

"어, 그렇군. 그 녀석, 아버지가 귀여워하셨지. 그래, 시체는 많이 남았나?"

—예? 아… 예. 하반신이 남아 있습니다만…….

"그럼 되살리게."

진가충은 가벼운 말투로 말했다.

"얼마나 드는가?"

—제물로 다섯 명의 희생과 12억 2천만 원 상당의 에너지가 필요합니다. 인건비는 포함하지 않은 가격입니다.

"자네, 방금 뭐라고 했는가?"

진가충의 목소리에 짜증이 섞였다.

"다섯 명? 희생? 내가 몇 번 말해야 알아듣나?"

—…죄송합니다, 부사장님. 제물 다섯 마리가 소모됩니다.

전화 너머의 상대는 뒤늦게 눈치를 챈 듯, 자신이 사용한 용어를 바꾸었다.

"그래, 그래야지. 그것들을 같은 인간으로 취급해야 쓰겠는가?"

그제야 진가충은 화를 풀었다.

"그래도 그나마 좀 적게 드는군. 하반신이 많이 남아서 그런가?"

—하, 하지만 부사장님.

"뭐가 또?"

—아드님의 두부… 그러니까 머리 쪽이 없어서…….

"기억이나 인격에 손실이 있을 수 있다?"

―그, 렇습니다.

"그게 무슨 문제인가. 나도, 아버지도 그놈에 대해서는 잘 몰라. 내용물이 뭔지는 그리 중요하지 않단 말일세. 대충 자네가 알아서 쑤셔 넣게."

―알겠습니다, 부사장님.

전화 너머의 목소리에는 다소 체념이 섞여 있었다. 진가충은 신경 쓰지 않았다.

"현우가 죽는 걸 본 놈들의 입은 자네들이 대충 막아두게. 언론 보도도 막고. 잘 알고 있지? 그리고⋯ 현우 죽인 놈이 있나?"

―예. 박기범이라고, 아드님의 동창생이었던 듯합니다. 최근에 어벤저로 각성했는데, 미등록 상태로 남아 있다가 이번 일을 벌였습니다.

"그거 일단 치워두게. 그래도 진씨 가문의 일원에게 손을 댔는데 대가는 치러야지."

―아, 그런데⋯ 그 자리에서 죽었습니다. 자폭한 것 같습니다.

"확실한가?"

―예?

"두 번 묻게 만들지 말게. 그놈이 자폭한 게 확실하냐고 물었네."

―하지만 시체가…….

"어벤저란 놈들이 무슨 술수를 벌였을지 알게 뭔가? 마지막으로 묻겠네. 확실한가?"

―아닙니다.

"그럼 뒤를 캐게."

―알겠습니다.

진가충은 전화를 끊고 쯧, 하고 한 번 혀를 찼다.

"쓸데없는 데다 시간을 썼군. …자, 어디까지 했더라?"

"아… 아…….."

부사장의 의자에는 아직 고등학생 정도로밖에 보이지 않는 소녀가 앉아 있었다.

마약에 흠뻑 취해 '아' 하는 소리밖에 말하지 못하게 된 소녀의 나신을 그는 미술 작품을 감상이라도 하듯 내려다보았다. 소녀의 나신은 이미 그의 체액으로 흠뻑 젖어 더럽혀져 있었지만, 그의 중심은 아직도 만족할 줄 모르고 하늘을 향해 치솟아 있었다.

"그래, 그래, 귀여운 것."

그는 인형이라도 다루듯 소녀를 번쩍 들어 올리고 자신이 의자에 앉았다. 그리고 소녀는 자신의 배 위에 올렸다. 소녀는 마치 그런 움직임을 하도록 프로그래밍이 된 기계처럼 자동적으로 움직이기 시작했다.

"아직 밤은 길고, 우린 시작했을 뿐이야. 그렇지?"

"아… 아……!"

소녀의 '아' 하는 음색이 바뀌어가는 과정을 음미하며 그는 만족스럽게 웃었다.

6장

면접

어벤저 네트워크에 올려둔 최재철의 이력서에 답장이 왔다. 필수 교육만으로 D에서 C로 랭크가 오른 것이 그럭저럭 어필이 된 것 같았다.

소형 길드에서 열다섯 장, 일반 길드에서 두 장이 왔다.

길드란 국가나 기업의 하청을 받아 의뢰를 대신 처리하는 단체로, 주로 어벤저로 이루어진 소조직이다. 그중에서도 소형 길드야 일종의 스터디 그룹 같은 것이고, 일반 길드부터가 어벤저 일로 제대로 돈을 벌 수 있는 그룹에 속한다.

보통 C급 어벤저는 길드에서부터 시작한다. 처음부터 기업에 소속되는 어벤저는 손에 꼽을 정도로 적다. 국가에 소속되는 어벤저는 많지만, 군 복무 중에 어벤저 스킬이 각성해 선출되는 케이스로 쥐꼬리만 한 봉급으로 만족하다가 복무 기간이 끝나면 전역한다.

최재철은 군인이 아니므로 당연히 길드행이다. 그 자신도 그럴 생각이었고. 그런데 길드가 아닌 곳에서도 서류 심사를 통과했으니 면접을 보러 오라는 메일이 날아왔다.

기업이었다.

"응? 기업?"

혹시나 싶어서 기업명을 확인하니 진가규가 회장인 WF는 아니었다. 어벤저업에서는 선두를 달리는 WF와 어깨를 나란히 하는 세계적 대기업인 TA였다.

C급을 상대로 기업이 먼저 접촉을 해오는 경우는 드물었다. 아예 없다고 봐도 무방했다. 기본적으로 대기업은 B급 이상의 인재나 길드에서 경력을 쌓은 경력자를 위주로 뽑았다. 그런데 기업이 C급을 상대로 먼저 접근을 해오다니? 최재철은 고개를 갸웃거렸다.

최재철은 어벤저가 된 지 며칠 되지도 않았고, 당연히 인맥이고 뭐고 없다.

그때, 이지희의 얼굴이 순간적으로 뇌리를 스치고 지나갔다.

하지만 최재철은 곧 고개를 저었다. 이지희는 필수 교육만으로 B급이 된 특이 케이스긴 하지만 최재철과 마찬가지로 네트워크에 어제 이력서를 올렸을 것이고, 빨라도 오늘 입사 시험을 볼 터였다. 그런 그녀가 TA에 무슨 영향력이 있겠는가? 이지희가 추천해 줬을 거란 추측은 버리는 게 나았다.

"그럼 뭐지?"

최재철은 고개를 갸웃거렸지만, 어쨌든 어떻게 생각해도 이 기회가 좋은 기회인 것은 맞았다. 대기업에서 경력을 쌓으면 이직하기도, 인맥을 쌓기에도, 재산을 모으기도 쉽다. 실전 경험을 통해 A급 어벤저가 된다는 시나리오도 자연스럽게 작성할 수 있다.

이런 식으로 경력을 쌓아 WF로 이직할 수 있는 기회도 얻는다. 타인의, 특히 진가규의 관심 밖에서 적 내부로 파고들기에 이만한 방법도 없다.

그는 면접 준비를 서둘렀다. 새 양복도 빌려야 했고, 구두도 장만해야 했다. 최재철의 것은 전체적으로 너무 낡았다.

*   *   *

다음 날, 최재철은 면접장에 있었다.

면접장을 들어간 순간, 그는 자신의 복장을 다시 돌아볼 수밖에 없었다. 다른 어벤저들은 다들 움직이기 편하고 튼튼한 전투복을 입고 있었기 때문이다. 몇 명은 어디서 구했는지 미군 전투복을 구해다 입고 있었다.

번쩍거리도록 닦은 구두에 딱 맞는 정장을 챙겨 입고 머리까지 깔끔하게 다듬고 온 사람은 이 50여 명의 어벤저 중에서는 최재철 하나였다.

주위에서 그를 바라보는 다른 면접자들, 즉 어벤저들의 시선에는 비웃음이 섞여 있었다.

어벤저 면접이 실전으로 이뤄진다는 건 어벤저 네트워크에서도 보지 못했다. 아마도 중견 어벤저들이 신인을 곯려먹기 위해 거짓 정보를 흘린 것이리라. 어느 사회에서든 흔히 있는 일이다.

최재철은 한숨을 내쉬며 자신에게 향하는 시선을 견뎠다. 이 정도 굴욕이야 충분히 참아낼 수 있었다.

'뭐, 실전 면접이라면 실력으로 보여줄 기회가 있겠지.'

답답하게 꽉 맨 넥타이의 위치를 바로잡으며, 최재철은 생각했다. 아예 이 김에 이 정장을 콘셉트로 밀고나가는 것도 생각해 볼 만했다.

TA는 매년 이런 식의 공개 면접을 보는 모양이었다. 어벤저의 랭크를 보지 않고 실전을 통해 입사자를 걸러내는 방식으로, 심하면 사상자도 발생한다고 한다.

고작 C급 어벤저인 최재철에게 연락이 온 것도 그런 이유였다. 어쨌든 직접 보고 실전을 거쳐 뽑겠다는 건 최재철에게는 유리한 방식의 면접이었다.

큰 홀에 듬성듬성 자기들 멋대로 어벤저들이 선 가운데, 앞의 단상에 누군가가 와서 마이크를 잡았다. 그가 마이크를 두 번 치자 웅성거림이 걷히고, 모두의 시선이 앞으로 향했다.

"폐사의 면접에 참여해 주신 면접자 여러분께 먼저 감사의 말씀을 올립니다. 저는 면접시험관인 현오준라고 합니다. 그럼 이제부터 면접을 시작하겠습니다. 1번부터 10번까지, 앞으로."

쓸데없는 건 다 쳐내고 필요한 수순만 진행한다는 인상이다. 열 명의 어벤저 면접자가 긴장한 기색이 역력한 표정으로 단상 앞으로 나아갔다. 그러자 면접시험관은 10번까지의 이력서를 확인하며 물었다.

"여러분 모두 서약서에는 서명하셨죠?"

네, 옙, 그렇습니다. 각자의 대답이 마구잡이로 흘러나왔다.

면접 전에 받은 서약서에는 이 면접으로 인해 다치거나 죽더라도 책임을 묻지 않겠다는 꽤나 섬뜩한 내용이 적혀 있었다. 면접자들의 대답을 들은 면접시험관은 고개를 한 번 끄덕이고 말했다.

"좋습니다. 덤비십시오."

최재철은 상상도 못 했던 방식의 면접이었다. 그러나 장본인들은 미리 알고 있었던 듯, 열 명의 어벤저가 '와' 소리를 지르며 단 한 명의 면접시험관에게 동시에 덤벼들었다. 그리고 다음 순간, 그 열 명이 추풍낙엽이 쓸려가듯 우르르 쓰러졌다.

"좋습니다. 3번, 10번, 합격입니다. 나머지는 모두 불합격. 다음, 11번부터 20번까지!"

다음 열 명의 면접자가 앞으로 나아가, 면접시험관에게 덤비기 시작했다.

'아니, 미친. 능력자를 얕봐도 분수가 있지.'

눈앞에서 일어나는 어이없는 광경을 보며, 최재철은 헛웃음을 터뜨리지 않기 위해 노력해야 했다.

대마법사인 그조차도 이런 방식은 상상하지 못했다. 아무리 차원력이 적은 상대라도 상성과 활용 방법에 따라서는 치명적인 공격을 해올 수도 있었다. 게다가 자신의 능력을 제대로 제어하지 못하는 초보자는 더욱 위험하다. 능력이 어디로 튈지 모르니 말이다.

그래도 이런 오만한 면접 방식으로 채용할 만한 능력은 있는 듯, 최재철 직전까지 아무런 문제없이 면접이 진행되었다.

"다음! 아, 51번? 최재철 씨?"

면접시험관의 시선이 최재철을 훑었다. 뭔가를 확인하는 것 같은 시선이 조금 신경 쓰였다.

"혼자 남으셨군요. 죄송합니다만, 덤비십시오."

가장 랭크와 경력이 낮고 짧았던 탓인지, 최재철이 가장 마지막이었다. 그는 고개를 끄덕이고 면접시험관에게 덤비는 척을 했다.

'일단 합격은 해야겠지.'

최재철은 일부러 차원력을 완전히 배제하고 근력만으로 주먹을 날렸다. 면접시험관은 당연히 그 일격을 피하고 카운터를 걸어왔다. 최재철은 반사적으로 카운터를 피하고 바로 역공을 날렸다. 면접시험관은 별로 당황하지 않고 역공을 받아내었다. 그리고 다음 일격.

'아, 그냥 맞아줘야 하나.'

최재철은 잠깐 생각했지만 몸이 먼저 움직였다. 그는 그냥 공격을 막았다. 면접시험관의 일격에는 차원력이 실려 있었기에, 최재철도 최소한도의 차원력을 끌어낼 필요가 있었다. 그 일격을 막아내자, 면접시험관은 공격을 멈췄다.

"…51번, 합격."

면접시험관은 이채로운 듯 그를 바라보았다.

'이런, 시선을 너무 끌었나.'

최재철은 약간 후회했지만 합격했으니 이걸로 만족하기로 했다.

"2차 면접은 오후에 장소를 옮겨서 시행하도록 하겠습니다. 합격자분들은 절 따라오시고, 불합격자분들은 치료를 받은 후 퇴장해 주시기 바랍니다."

면접시험관은 그 말을 남기고 면접장에서 나가 버렸다. 최재철은 흐트러진 옷매무새를 다시 가다듬고, 그의 뒤를 따랐다.

*   *   *

10명 남짓한 합격자는 군용 헬기에 탑승했다. 일개 기업이 군용 헬기를 운용하는 것이 이상하게 보일 수는 있지만, 차원 균열이 열린 한국은 10년 전의 최재철이 알던 국가와는 많은 점이 달라졌다.

"지금부터 우리는 양구로 갈 겁니다. 우리 회사가 맡아서 관리하고 있는 지역이지요."

최재철은 자신을 현오준라고 소개한 면접시험관이 더 이상 회사를 폐사라고 하지 않고 '우리 회사'라고 지칭하는 것이 신경 쓰였다. 그 이유는 바로 드러났다.

"2차 시험은 바로 실전입니다. 적당히 긴장해 주십시오. 죽을 수도 있지만, 정말로 위험해지면 제가 도와드릴 테니 어지간히 상황이 꼬이지 않는 한 괜찮을 겁니다."

아직 정식으로 근로 계약서를 쓰지는 않았지만, 2차 시험은 실전 업무를 겸하기 때문인 것으로 보였다. 현오준은 1차 시험 합격자들에게 아직 높임말을 쓰고는 있었지만, 태도나 행동은 이미 부하 직원을 대하는 것 같았다.

헬기는 곧 착륙했다. 다른 지원자들의 안색에서 긴장한 기색이 역력했다. 죽을 수도 있다는 소릴 듣고 긴장하지 않는 것도 이상하다. 그러므로 최재철도 최재철의 표정으로 긴장한 척을 하기 위해 애썼다.

*   *   *

강원도 양구군 양구읍은 최재철에게는 애증이 교차하는 지역이다. 그가 군 복무를 하던 시절에 위수 지역으로 지정된 곳이라, 외박을 나올 때 여기밖에 놀 곳이 없었기 때문이다. 워낙 군인에게 바가지를 심하게 씌우는 곳이라 이미지는 굉장히 안 좋았지만, 그래도 나름 추억거리가 없다고까지는 못할 지역이었다.

주말만 되면 전투복을 입은 군인들로 붐비던 양구읍도 차원 균열이 열린 후 버려져 폐허에 가까워져 있었다. 그야 조금만 방심하면 어보미네이션이 나와서 돌아다니는 이 위험한 지역에 사람이 살 수는 없었다.

이제는 손님도, 주인도 없는 PC방과 당구장이 죽 늘어선, 원래대로라면 나름 번화가라 할 만했을 터인 거리 끝에서 입

을 쩍 벌리고 서 있는 차원 균열의 모습은 최재철에게는 익숙
했다.

싱크홀이 수직으로 서 있는 것 같다는 표현이 적절할까.
입을 쩍 벌린 그 구멍 속은 끝없이 이어진 것만 같다. 세계의
균열이라고도 불리는 모양인데, 차원 균열이라는 명칭보다는
그게 더욱 적절한 것 같았다.

존재해서는 안 될 것을 보고 만 듯한 불안감이 본능적으로
느껴지게 만드는 모습이다. 실제로 존재해서는 안 될 것이기
도 하고 말이다.

그러나 최재철이 그 문을 보고 느낀 감정은 기이하게도 안
도였다.

'내가 아는 그 차원 균열이 맞군.'

익숙함에서 오는 안도, 바로 그것이었다.

최재철 외의 면접자들은 차원 균열 주변 필드의 분위기에
압도된 듯 아무 말도 하지 않고 있었다. 최재철과 달리 경험이
있는 어벤저들이라고 한들, 차원 균열 앞에까지 오는 것은 처
음인 모양이었다.

길드에서 그들이 주로 떠맡던 일은 자연 발생한 어보미네이
션에게서 일반인을 보호하거나 현장을 격리하는 일 정도였으
니 당연했다. 최재철은 그런 것까지는 몰랐지만, 그들의 안색
에서 대충 사정은 짐작할 수 있었다.

필드에 깔린 고농도의 차원력은 능력을 최소한도나마 다룰 줄 알게 된 이들을 압도했다. 가진 차원력이 적을수록, 그리고 경험이 적을수록 압박감은 더 커질 것이다. 최재철은 그들에게서 동정심을 약간 느꼈다.

"지금은 프로젝트 1팀이 업무 중입니다. 일단은 견학부터 좀 하시죠."

최재철은 차원 균열 쪽으로 시선을 돌렸다. 저기서 움직이고 있는 사람들이 프로젝트 1팀인 모양이었다.

"자, 그럼 현장에 도착했으니 우리 일터에 대해 강의하는 시간을 갖겠습니다. 뭐, 너무 자세한 설명은 머리만 복잡하게 할 테니 여러분께서 맡으실 역할부터 간단히 말씀드리죠."

현오준은 차원 균열 쪽을 가리키며 말했다.

"저게 여러분께서 맡을 역할입니다."

대장의 손가락 끝을 보니, 그곳에서는 누군가가 살금살금 발걸음 소리를 죽여 가며 차원 균열 쪽으로 접근하고 있었다. 저건 최재철도 처음 보는 미친 짓이었다.

"뭐 하는 거지?"

최재철이 자기도 모르게 뱉은 혼잣말에 현오준이 대답했다.

"저 역할을 디코이라고 합니다. 미군이 지은 명칭이죠. 저 디코이가 차원 균열 안쪽의 어보미네이션을 밖으로 꾀어내려고 하는 겁니다."

현오준이 말을 끝마치기도 전에 비명 소리가 들렸다. 차원 균열로 접근하던 사람, 그러니까 디코이가 지른 비명이었다. 그는 부리나케 도망치고 있었고, 그 뒤를 차원 균열에서 기어나온 짐승, 어보미네이션이 쫓아오고 있었다.

디코이도 보통 인간은 아닌지 달리기 속도는 대단히 빨랐다. 척 봐도 올림픽에 나가면 3연속 금메달 정도는 딸 정도의 대단한 각력이었다. 그러나 불행하게도 어보미네이션의 속도가 더 빨랐다. 그는 곧 따라잡힐 것으로 보였다.

그러나 다음 순간, 매복하고 있던 화력지원 팀이 튀어나와 자동소총을 긁어대기 시작했다.

어보미네이션은 큰 타격을 받고 놀라 뒤돌아 도망치기 시작했지만 이미 늦었다. 고작 세 개뿐인 목숨을 순식간에 낭비하고, 어보미네이션은 총격으로 인해 너덜너덜해진 채 그 자리에서 숨을 거두었다.

"인상적이로군요."

저걸 나한테 시키겠다, 이거지? 최재철은 현오준에게 보이지 않는 각도에서 피식거리며 웃었다.

"왜 디코이라는 역할까지 두면서 어보미네이션을 여기까지 끌어내냐면, 저 차원 균열 주변에서는 이상하게 현대 병기가 통하질 않습니다. 미군들은 저 영역을 '헬필드'라 부르더군요. 그래서 헬필드 바깥으로 어보미네이션을 끌어내야 총으로 저

걸 처치할 수 있다, 이 말입니다."

현오준은 빠른 목소리로 설명을 계속하고 있었다.

"그렇군요. 알겠습니다."

최재철은 병력들이 어보미네이션을 검은 천으로 감싸 나르는 광경을 지켜보며 고개를 끄덕였다.

이건 산업이다. 어보미네이션 시체라는 새로운 자원을 생산하기 위한 산업.

"긴장하지 않으시는군요. 음… 최재철 씨? 보통 처음 저 광경을 보는 신입 사원들은 얼굴이 새파래지던데."

실제로 다른 합격자들은 아무 말도 하지 않고 있었다.

"어떻습니까, 바로 도전해 보시겠습니까?"

"어보미네이션을 필드 바깥까지 끌어내면 되는 겁니까?"

"네. 이해가 빠르시군요. 어보미네이션의 처치는 화력지원 팀이 알아서 해줄 겁니다. 만약의 경우가 발생하면 저도 개입할 테니……."

"알겠습니다."

최재철은 대답했다.

"해보죠."

현오준은 최재철의 대답에 만족스러운 듯 고개를 끄덕이고 어딘가에 연락을 시도했다.

"최재철 씨, 최재철 씨는 3팀과 함께하게 됩니다. 화력지원 팀을 소개해 드릴 테니 가서 인사라도 하시죠."

"알겠습니다."

최재철은 일어나서 현오준과 함께 화력지원 팀의 매복지로 향했다.

현오준은 화력지원 팀의 대장을 소개해 주었다. 우연인지 이것도 인연인지 대장은 구면이었다. 다름 아닌 김인수가 박기범을 죽일 때 그 자리에 찾아왔던 특수부대의 대장이었다. 이 인연도 신기했지만, 그 특수부대가 국가나 군대가 아닌 일개 기업의 소속인 것도 신기했다.

물론 김인수에게 대장은 구면이지만 대장은 최재철을 처음 본 것이기에, 그는 되도록 깍듯이 인사했다. 서로 소개를 마치자 현오준은 다시 다른 합격자들이 있는 곳으로 돌아갔다.

현오준이 돌아가자마자, 최재철은 대장에게 물었다.

"우리 팀은 동시에 몇 마리까지 상대할 수 있습니까?"

"전의 팀은 다섯 마리를 풀링했다가 전멸했었죠. 저만 남기구요. 아, 풀링이란 건……."

"어보미네이션을 끌어내는 걸 말하는 거죠? 알겠습니다. 세 마리 이상의 부담은 드리지 않도록 노력해 보죠."

대장의 표정이 미묘하게 일그러졌다. 어찌 보면 당연했다. 완전 무명 신입이 나대는 꼴이니……. 하지만 최재철은 크게 신경 쓰지 않기로 했다.

최재철 본인이 이미 차원 균열을 다루는 데 익숙한 인간이라는 걸 스스로 밝힐 필요는 없었다. 쓸데없이 정보를 넘겨줄 생각도 조금도 없었다. 어쨌든 필요한 만큼의 일을 해서 적당히 실력을 보여주고 어느 정도의 신뢰를 얻으면 그만이다.

"뭐… 쫄지 않는 게 더 중요하죠. 잘 부탁합니다."

대장은 뭐라고 말하고 싶은 표정이었지만, 입으로는 그런 말을 했다. 처세할 줄 아는 인간이로군. 최재철은 속으로만 생각했다.

                    *   *   *

프로젝트 3팀인 최재철의 팀이 화력지원 팀으로의 배치를 마쳤다. 그리고 이제 최재철이 디코이로서 차원 균열에 접근할 차례가 되었다.

최재철은 저벅저벅 차원 균열을 향해 걸었다. 조심성이라고는 찾아볼 수 없었다. 말 그대로 그냥 걸을 뿐이었다.

차원 균열에 가까이 갈수록 진한 차원력이 그의 정신을 달아오르게 만들고 있었다.

최재철의 발소리를 듣고 최하급 어보미네이션 한 마리가 킁킁거리며 차원 균열에서 기어 나왔다. 박기범이 변이했던 그 어보미네이션, 리자드독이었다. 파충류와 개가 합쳐진 것 같은 혐오스러운 생명체다.

'아니, 사실 반쯤은 생명체가 아니지.'

최재철은 자신의 귓불을 만지며 생각했다. 그는 저 짐승을 처음 상대했을 때를 떠올렸다.

'처음 되살아나는 걸 봤을 때는 꽤나 놀랐었지.'

추억담을 떠올리기라도 하듯, 최재철은 속 편하게 그런 생각을 했다. 그 와중에 최재철을 발견한 어보미네이션이 그를 향해 컹컹 짖으며 달려왔다.

최재철은 그 자리에 서서 리자드독이 덤벼들 때까지 기다렸다. 리자드독은 그의 목덜미를 노리며 입을 쩌억 벌렸다.

'불쾌한 입 냄새로군.'

그는 미간을 찌푸리며 손날로 자신에게 달려드는 어보미네이션의 목을 쳤다.

퍽.

리자드독의 목이 땅 위를 나뒹굴었다. 어보미네이션은 그대로 절명했다.

하지만 곧 살아날 터였다. 이놈들은 목숨이 세 개다. 어떤 원리로 그럴 수 있는지 따지는 것만큼 무의미한 일도 없으리라.

그러나 어보미네이션은 한 번 죽으면 잠깐 행동이 멈춘다. 그 틈을 놓치지 않고, 최재철은 어보미네이션를 잡아서 헬필드 바깥으로 던졌다.

수백㎏에 달하는 무게의 짐승을 쓰레기봉투라도 집어던지듯 쉽게 던지는 그 모습에 당황이라도 한 건지, 화력지원 팀의 대응은 조금 늦었다.

드드드드.

총소리가 들렸다. 최재철은 시선을 돌려 화력지원 팀이 어보미네이션을 완전히 처치한 걸 확인한 후에, 최재철은 다시 차원 균열을 향해 뚜벅뚜벅 걷기 시작했다.

이놈들에게 학습 능력 따위는 없다. 이딴 건 하루에 수백 마리라도 죽일 수 있다.

최재철은 차원 균열 바깥으로 쿵쿵거리며 기어 나온 또 다른 어보미네이션을 바라보고는 이를 드러내며 웃었다.

*   *   *

정확히 세 마리를 끌어내다 죽인 후, 최재철은 뚜벅뚜벅 걸어 필드 바깥으로 나왔다. 그리고 격렬한 움직임 탓에 흐트러진 정장을 정리했다.

"후."

넥타이를 새로 고쳐 매고 있는 최재철에게 현오준이 접근해 왔다. 현오준의 표정은 뭔가 신기한 것, 혹은 이해의 영역을 뛰어넘은 것이라도 본 것 같았다. 최재철에게는 대단히 의외였다.

"최재철 씨, 정말로 C급입니까?"

처음으로 나온 말이 그거였다. 최재철은 고개를 끄덕였다.

"네."

더 길게 떠들 이유도, 필요도 없었다. 최재철은 현오준을 지나쳐 걸었다. 현오준이 뒤돌아 자신의 뒷모습을 보고 있는 걸 느끼며 최재철은 따가운 그 시선을 무시하느라 애썼다.

'내가 좀 지나쳤나.'

최재철은 잠시 생각했지만, 다시 생각해도 이상할 건 없었다. 그는 딱 C급의 차원력을 활용했을 뿐이다. 그 이상의 능력을 보인 것도 아니다. 그럼에도 불구하고 주위의 이런 반응은 다소 과장스러운 면이 있다고 느꼈다.

'이 정도는 마음만 먹으면 다들 할 수 있을 텐데?'

최재철의 생각을 딱 한 줄로 요약하면 이것이었다.

하지만 그런 건 치고는 다른 합격자들의 시선이 따가웠다.

놀라움, 질시, 동경.

능력도, 정체도 감출 필요가 없었던 저쪽 세계에서는 익숙했던 시선이다. 대마법사였던 그에게 일반 능력자들, 혹은 일반인들이 보냈던 시선이기도 했다.

'이상하군, 다들. 이들은 모두 C급 이상의 경력자 어벤저일

텐데, 왜 나를 이런 시선으로 보지?'

최재철에게는 그런 의구심만이 남을 뿐이었다. 그러나 그렇게 생각하는 기색은 내비치지 않은 채, 최재철은 아무렇지도 않게 자리에 앉았다.

"…자, 그럼."

대기 장소에 자리 잡은 묘한 침묵을 깨며, 현오준은 약간은 떨떠름한 표정으로 말했다.

"다음 지원자를 받아보죠."

다음에 손을 들어 올릴 지원자가 나올 때까지는 3분이라는 시간이 필요했다.

*　　　*　　　*

결과적으로 최재철이 벌인 퍼포먼스는 다른 면접자들에게 그다지 좋은 영향을 끼치지 못했다. 남은 10명 중 8명이 지나치게 과감하게, 정확히는 최재철을 모방해서 움직이느라 위험에 처했다. 필드 안에서 그들을 구출하느라 현오준은 꽤나 고생을 해야 했다.

'꽤 괜찮은 차원 능력자로군. 아니, 지구에서는 어벤저였지, 참.'

최재철은 현오준을 바라보며 생각했다. 현오준의 능력은 신체 강화 능력. 어벤저에게 있어서 기본적인 능력이지만, 제대로 쓰는 건 어렵다. 그냥 능력을 각성한 것만으로 갑자기 격투기를 잘하게 된다거나 하는 일은 없었다.

그런 점에서 현오준은 뛰어났다. 원래 그런 직업이기라도 했는지, 최소한도의 움직임과 차원력만 활용해서 위험에 빠진 면접자를 적절하게 감싸고 어보미네이션을 죽였다.

정말로 위험해지면 최재철도 힘을 보탤 생각이었지만, 그런 상황은 일어나지 않았다는 점에서 그의 기준으로는 무난하게 테스트가 끝났다.

"아무도 죽지 않은 게 신기할 정도로군요."

돌아가는 헬기에서 현오준은 농담처럼 그런 소릴 했지만 굳은 표정 탓에 그리 농담으로 들리지는 않았다. 아무래도 현오준의 생각은 최재철과는 다른 모양이었다.

"오늘 여러분은 디코이로서 실전을 거쳤으므로 수당이 나갈 겁니다. 어벤저 네트워크에 등록된 계좌로 입금될 테니, 한 번씩 등록 정보를 확인해 주시고 아직 계좌 등록이 안 된 분들은 서둘러 주시기 바랍니다."

면접으로 참가한 작전으로도 수당이 나오는 모양이었다. 아직 경제적인 사정이 그리 풍족하다고는 하지 못할 최재철에게는 희소식이었다.

"정규직 및 인턴직 채용의 여부는 차후에 각자 따로 연락을 드릴 예정입니다. 그럼 오늘은 수고 많이 하셨습니다."

1차 면접을 보았던 건물로 다시 돌아와 그렇게 사무적인 이야기를 끝낸 후, 현오준은 최재철에게 다가왔다.

"실례합니다만 최재철 씨, 잠시 개인적인 시간을 제게 내주실 수 있습니까?"

"개인적인 시간이라면……."

"예, 회사 업무와는 관계없이."

현오준은 여전히 격식을 차린 말투와 태도로 말했다.

"제가 일개 어벤저로서 최재철 씨에게 묻고 싶은 게 있어서 말입니다."

"알겠습니다."

"감사합니다."

깍듯이 고개를 숙이는 현오준의 모습을 주변의 다른 이들이 생경한 듯 바라보고 있었다.

'역시 지나쳤군. 지나치게 실력을 보였어.'

최재철은 속으로 통탄했지만 이제 와서 후회해 봐야 이미 늦은 일이었다.

*   *   *

며칠 전에도 최재철은 식사를 얻어먹은 적이 있다. 상대는 이지희였다. 그때는 일식 돈가스였지. 그는 눈앞에 놓인 참치 대뱃살을 내려다보며 생각했다.

'여기서 돈가스를 주문하면 나오려나.'

대뱃살 너머에는 게가 등딱지를 까고 흰 속살을 내보이고 있었다.

'안 나올 것 같군.'

그는 결론을 내렸다.

최고급 일식집이었다. 대체 언제 예약한 건지 룸까지 따로 잡은 상태였다.

"드시죠."

현오준 자신은 아직 젓가락에 손가락도 대지 않은 채 말했다. 마치 최재철이 젓가락을 들기를 기다리기라도 하는 듯 보였다.

"사양하실 것 없습니다."

"질문이 있습니다만."

최재철은 말했다.

"이런 걸 매일 드십니까?"

"그럴 리가요."

농담에는 웃어주는 것이 예의라는 양, 현오준은 가볍게 웃어보였다.

"뭐, 저도 A급 어벤저라 먹겠다고 마음먹으면 매일 먹을 수도 있긴 하겠지만 실제로 그러지는 않습니다. 태생이 태생인지라 먹는 것에 돈을 쓰는 걸 아깝다고 생각하게 되더군요."

태생이 태생? 그 말이 신경 쓰였지만, 지금 던져야 할 질문은 그게 아니었다.

"그럼 이건 뭐죠?"

"접대입니다."

현오준은 별 망설이는 기색도 없이 딱 잘라 말했다.

"최재철 씨의 호감을 사고 싶어서 하는 지출입니다. 아니, 투자라고 하는 편이 낫겠군요."

이렇게까지 당당하게 속내를 드러내 보이는 인간은 오랜만에 보았다. 최재철은 현오준의 눈동자에서 일렁이는 빛을 보았다.

"왜 제게 그런 말씀을? 전 일개 C급 어벤저입니다."

"저도 시작은 D급이었습니다."

현오준은 뭐 대단한 걸 고백이라도 하는 양, 그렇게 말했다. 그러므로 최재철은 놀라는 척을 해야 했다. 최재철의 리액션에 만족한 건지, 현오준은 계속해서 말했다.

"시작 랭크는 중요하지 않습니다. 그 능력을 본인이 어떻게 쓰느냐가 더 중요하지요. 오늘의 면접자 분들은 전원 신체 강화 계열이나 파괴 계열의 어벤저만 모셨는데, 랭크는 최재철 씨가 가장 낮지만 가장 완벽한 능력 활용을 보여주셨습니다."

"칭찬은 감사합니다만, 그래 봐야 저는 C급 아닙니까?"

"저는 최재철 씨가 천재라고 생각합니다. C급으로 끝날 인재는 아닐 테지요. 이력서로 봤을 때는 최재철 씨가 필수 교육 당일에 C급으로 성장하셨다고 하던데요."

"예, 뭐……."

"그렇다면 A급으로도 금방 성장하시겠지요."

너무 확신을 갖고 말하기에, 최재철은 다소 황당함을 느꼈다.

김인수는 능력의 한계를 느끼고 그대로 좌절해 버리는 차원 능력자를 몇이나 보아왔다. 그런데 이 현오준라는 인간은 자신의, 아니, 최재철의 가능성을 이렇게도 쉽게 믿고 있었다.

무지함에서 오는 긍정성이라는 것이 때로는 무섭기까지 하다는 것을 되새기며, 현오준에게 되물었다.

"그 성장을 누가 담보할 수 있겠습니까?"

"설령 B급으로 끝나도 상관없습니다. 최재철 씨는 제가 꼭 필요로 하는 인재니까요."

"어디에 말씀이십니까?"

"차원 균열 진입 탐사입니다!"

현오준은 그 단어에 힘을 주어 말했다.

"저는 필드를 넘어 차원 균열 너머로 가볼 생각입니다. 그 모험은 절대 혼자서는 할 수 없는 부류의 것이죠. 많은 사람의 도움이 필요할 겁니다."

이제까지 그 차원 균열 진입이라는 걸 혼자서 줄곧 해온 김인수의 입장에서 들으면 현오준의 각오는 다소 웃기게 들렸지만, 그는 웃지 않았다. 고작 A급 차원 능력자에게는 힘에 부치는 모험이 확실하기 때문이었다.

단신으로 차원 균열 진입 후 생존을 담보받기 위해서는 단일 차원 능력자가 아닌 마법사가 필요하다. 즉, 적어도 혼자 다섯 종류의 능력을 발휘할 수 있어야 했다. 그게 안 된다면 다른 능력을 지닌 차원 능력자를 포섭해서 함께 들어가는 수밖에 없다.

그리고 현오준이 보기에 최재철은 그가 필요로 하는 능력의 소유자인 모양이었다.

"흥미로운 프로젝트로군요. 혹시나 제 힘을 필요로 하신다면 얼마든지 돕겠습니다."

최재철의 대답에 현오준의 얼굴이 활짝 폈다.

"예, 부디!"

       *   *   *

최재철이 차원 균열 진입 탐사에 참가하겠다고 말한 건, 그에게도 그럴 필요가 있기 때문이었다.

차원 균열 너머는 자원의 보고였다. 물론 목숨이 위험한 공간인 건 맞지만, 김인수에게는 반드시 그렇지만은 않았다. 그는 차원 균열 안에서 필요한 모든 지식과 정보, 능력을 이미 갖추고 있었다. 그러니 현오준의 제안은 김인수에게 있어서도 크게 기꺼운 것이었다.

하지만 그럼에도 불구하고.

'뭔가 있어⋯⋯.'

신경 쓰이는 점이 몇 개 있었다.

왜 굳이 현오준이 아직 입사도 하지 못한 최재철을 고급 일식집에 데려가 접대까지 할 필요가 있었을까? 그는 면접 담당자이고, 최재철이 입사한 후에도 상급 능력자이다.

그런데 오늘 현오준이 얻고자 한 것은 명백했다. 그가 원한 것은 대답이 아니라 마음이었다.

상급자로서 명령하거나, 면접 담당자로서 압력을 넣는 게 가능했음에도 그런 쉬운 방법을 사용하지 않고 굳이 마음을 얻으려 애썼다는 것 자체가 김인수에게는 의문스러운 일이었다.

현오준이 선하고 정의로운 인간이라서? 그럴 수도 있다. 하지만 그렇다고 믿어서는 안 된다. 무의미하게 자신에게 유리한 방향으로 생각하는 건 어리석은 이들이나 할 짓이다. 그리고 김인수는 대마법사다. 어리석음과는 가장 거리가 먼 인간 중 하나였다.

"판단 근거가 너무 적군."

김인수는 그렇게 중얼거리며 열쇠 구멍에 열쇠를 밀어 넣었다. 결국 결론을 내리지 못한 채 귀가하고 말았다.

＊　　　　＊　　　　＊

새삼 느끼는 거였지만, 최재철의 이 자취방은 생각 외로 괜찮은 은신처였다.

아무리 좁고, 낡았고, 엘리베이터도 없고, 제대로 된 전열기구와 가구도 없다 한들 서울 시내에서 관리비를 포함한 월세 35만 원은 파격적인 가격이었다.

이렇게 괜찮은 매물임에도 불구하고 이 낡은 빌라의 입주민은 최재철뿐이었다. 원래는 방음도 잘 안 될 터인 이 방이 이렇게도 조용한 이유는 그것이었다.

'뭐, 귀신이라도 나오나?'

자신의 상상이 웃겨서 최재철은 피식거렸다. 하지만 뭔가 뒷사정이 없다면 입주민이 없다는 게 말이 안 되는 환경이긴 했다.

좀 더 말이 되는 추측을 떠올려 보자면, 이 빌라에서 어보미네이션이 출현해 참극이라도 벌어졌다는 시나리오가 가장 적절했다. 아무리 사는 게 팍팍해도 사람들이 죽어나갔던 집에 들어가서 살기는 꺼려지게 마련일 테니 말이다.

'돈을 벌면 여기서 나가려고 했지만, 계속 이대로라면 여기서 공방을 차려도 되겠는데.'

차원 균열 안으로 들어가게 되면 그곳에서 채취할 수 있는 재료를 가지고 마법 기물을 제조할 수 있는 공방도 필요해질 터였다. 마법사의 공방에는 입지 조건이 몇 가지 있는데, 이 자취방은 워낙 조용하고 인기척도 없는 곳이라 결계를 치기에도 좋고, 공간도 안정화되어 있어서 입지 조건에 딱 들어맞았다.

문제는 공방을 만든 뒤에 입주민이 새로 들어오면 어쩌느냐 정도였다.

'뭐, 이 주변 방을 내가 싹 사버리든가 하면 되겠지.'

최재철로서 직장에 취직해서 적절한 신분을 손에 넣으면 이계에서 가져온 귀금속과 보석을 처분할 수도 있게 될 거고, 그러면 돈에 쪼들릴 일도 없게 된다.

박기범의 신원으로 보석을 몇 개 처분해 볼까 고려해 본 적도 있지만, 집안의 패물을 몰래 들고 나온 탕자처럼 보일까 봐 못 했다.

게다가 지금의 박기범은 사망자, 혹은 살인범이니 어딜 돌아다니지도 못한다. 요 며칠간 뉴스 사이트를 봤지만 박기범의 소식은 물론 진현우의 소식도 전혀 들리지 않는 게 좀 꺼림칙했지만 그렇게까지 놀랄 일은 아니다. 진씨 가문에게 언론 장악은 손쉬운 일일 테니 말이다.

"빨리 출세를 해야지, 원."

최재철은 툴툴거리며 빌려온 양복을 벽에다 걸었다. 생전 처음 헬기도 타보고 해서 그는 스스로가 생각하는 것보다는 지쳐 있었다.

자연스럽게 피로를 회복하기 위해 그는 이불 위에 몸을 뉘였다. 오늘 차원 균열로 가까이 간 덕택에 소모했던 차원력을 상당히 회복시킬 수는 있었지만, 그렇다고 섣부르게 낭비할 수 있는 건 아니었으니 말이다.

*   *   *

결론부터 말하자면 최재철은 취직에 성공했다.

"이게 또 묘한 감동이 있군."

어벤저 전용 단말기로 날아온 채용 합격 문자를 보며 그는 피식 웃었다.

어쨌든 그의 인생에서 첫 대기업 입사, 첫 정규직 채용을 달성한 것이다. 12년 전이었다면 감동해서 눈물이라도 흘렸을 것이다. 가족들이 다 모여서 외식이라도 갔겠지. 그랬을 것이다.

하지만 그는 픽 한 번 웃고 단말기를 내려놓았다. 그걸로 끝이었다. 축하해 줄 사람도, 축하받을 생각도 없었다.

어쨌든 어벤저로서는 로열 로드라고 할 수 있는 기업에의 취직에 성공했으니, 최재철에게는 상당히 경사였다. 김인수에게도 괜찮은 첫 발걸음이기도 했다.

그리고 면접시험 때 잡은 어보미네이션에 대한 수당도 함께 들어왔다. 세 마리 합쳐서 천만 원 정도. 추가로 생명 수당이 500만 원이 추가되었다.

혼자서 최하급 어보미네이션을 잡았을 때에 비하면 절반 정도밖에 안 되는 금액이었지만, 현오준과 화력지원 팀의 백업을 생각하면 그럭저럭 괜찮다고 할 수도 있었다.

C급 어벤저인 최재철은 어보미네이션 세 마리를 혼자 능력으로 다 잡지는 못하니, 이 돈이 적다고 항의를 하는 건 그다지 합리적이지 못했다.

이렇게 받은 1,500만 원을 김인수는 모조리 최재철의 어머니에게 송금했다. 원래 첫 월급은 부모님에게 드리는 것이 예의라고 알고 있었기 때문이기도 했고, 최재철의 신원값을 50만 원만 딱 주고 입 닦는 것도 줄곧 마음에 걸렸기 때문이기도 했다.

'아니… 다 변명이지.'

김인수는 송금을 마치고 쓴웃음을 흘렸다. 그는 자기 부모에게 하지 못한 효도를 최재철의 어머니에게 대신하며 대리 만족을 하고 있는 것뿐이었다.

"뭐, 어때. 나 하고 싶은 대로 하는 거지."

김인수는 일부러 소리 내어 그렇게 혼잣말을 하고 껄껄 웃
어대었다.

그리고 몇 분 후.

최재철의 집 전화기가 울부짖었다. 갑작스러운 거액의 송금
에 놀란 최재철의 어머니가 전화를 걸어온 탓이었다. 김인수
는 최재철의 목소리로 그 전화를 받았다.

"여보세요."

"얘야, 이 돈은 뭐니? 뭐 위험한 일에 손댄 건 아니지?"

큰돈을 기뻐하기보다 먼저 아들의 안위를 걱정하는 최재철
의 부모님에게는 미안한 마음뿐이었다. 왜냐하면 최재철은 이
미 죽었기 때문이었다.

"TA에 취직했어요."

"TA? 그게 뭐니?"

해외에서 한국에 진출한 지 얼마 안 되는, 어벤저 임무를
주로 다루는 외국계 회사라 그런지 장년층에는 별로 알려져
있지는 않은 모양이었다.

"대기업이에요. 아, 저 어벤저 라이센스를 따서요."

"뭐, 어벤저? 그거 위험한 거 아니니?"

대재해 전의 구세대에게 있어서 어벤저는 그런 인상이리라.
그야 일상적으로 목숨을 거는 일이다. 당연히 위험하다.

그러나 본래 직업을 잃고 다른 직업을 구할 여력마저 없어 그대로 말라죽어 갔어야 할 운명이었던 최재철에게는 이 어벤저라는 직업도 감지덕지하다. 아니, 이 정도면 굉장히 훌륭하다.

이런 걸 최재철의 어머니에게 이해시킬 생각은 없었다. 그럴 시간도 없었고.

"괜찮아요. 걱정 마세요. 다 잘 될 거예요."

"애!"

"끊을게요."

김인수는 얼른 전화를 끊었다. 눈물이 나올 것 같았기 때문이었다.

"좋은 어머니 밑에서 자랐구나, 최재철."

다시 전화기가 울렸지만 받지 않았다. 여기까지다.

그는 아예 집 전화기의 전화선을 뽑아버렸다.

"최재철, 네겐 미안하지만 여기서부턴 불효 좀 해야겠다."

대리 만족은 여기까지다. 감상적인 기분에 젖어드는 것도.

그는 날카로운 시선을 벽에 던졌다.

이제 최재철의 부모와는 연락을 끊을 것이다. 송금을 할 일은 더욱 없다. 다른 무언가를 나눌 일도, 얼굴을 마주 볼 일조차 없을 것이다.

300만 원이면 블랙마켓에서 어보미네이션에 의해 시체도 남기지 못하고 죽은 사람의 이름을 빌릴 수 있다. 어벤저 네트워크에서 뒤늦게 손에 넣은 정보였다. 어벤저가 되지 못했다면 애초에 얻을 수 없었던 정보였으니, 최재철이라는 이름이 없었으면 어차피 그림의 떡이긴 했다.

이름과 모습, 안전성까지 합친 가격이 1,500만 원이라면 그럭저럭 합당한 가격이리라. 그 값을 치른 것이다. 최재철이라는 이름과 모습을 빌린 대금을 치른 것일 뿐이다. 그리고 그것은 이제 다 치렀다.

이제 더 이상 '대리 효도' 같은 걸 할 생각은 없다.

"하려면 진짜 효도를 해야지."

그의 진짜 부모에게 진짜 효도를.

그리고 그에게 있어서 진짜 효도가 의미하는 건 단 한 가지다.

복수.

완전무결한 보복.

그것뿐이다.

7장

이지희

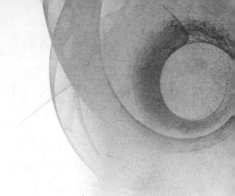

 토요일.

 지금 그가 도착한 곳은 홍대 앞의 한 카페였다. 카페의 문
을 열자마자 그는 자신을 기다리고 있을 여성의 모습을 찾았
다. 그리고 곧 찾을 수 있었다.

 카페에 혼자 앉아서 가장 싼 에스프레소를 시켜다 홀짝이
고 있는 이지희의 모습은 한 마디로 형용하기 힘들었다.

 에스프레소 잔을 들고 그 안의 내용물을 노려보는 모습은
별로 꾸미지도 않았음에도 자연스럽게 번져 나오는 미모 덕분
에 일견 우아하게도 보였지만, 그것도 몇 초에 불과하다. 에스

프레소에 혀를 대보고 쓴 듯 눈살을 찌푸리는 모습은 마치 카페라는 곳에 처음 온 촌뜨기 아가씨의 모습 같았다.

"아, 스승님, 오랜만이에요."

그러다 에스프레소의 작은 잔 너머에서 최재철의 모습을 발견하고 환하게 웃으며 손을 흔드는 모습은 순진하고 활발한 10대 소녀 같았다. 몇 초 사이에 휘릭휘릭 바뀌는 그녀의 표정을 지켜보고 있자면 재미있기까지 하다.

"왜 먹을 줄도 모르는 에스프레소를……."

"아, 어떻게 아셨어요?"

최재철의 말에 이지희는 놀란 토끼 눈을 떴다. 아니, 모르는 게 더 이상하지.

"오늘은 제가 밥값을 내죠."

최재철의 말에 이지희는 곧장 고개를 저었다.

"아뇨, 제가……."

"괜찮아요. 스승이라는 말을 듣는 것도 간지러운데 밥이라도 사야지."

"하지만 제가 랭크도 높아서 연봉도 더 높을 텐데."

1초간 침묵.

"친구들한테 눈치 없냐는 말을 자주 듣지 않아요?"

"아뇨, 저 친구 없어요."

농담이겠지. 농담일 거야. 그런 가슴 아픈 소릴 쉽게 내뱉다니. 최재철은 그렇게 생각하려고 애썼다. 그러나 다시 생각해 보니 김인수에게도 친구는 없었다. 그가 힘 있는 자들에게 핍박 받을 때, 친구라던 놈들은 모두 그의 주변을 떠났으니까.

'아니, 그래도 이계에는 친구가 있잖아.'

그는 그렇게 긍정적으로 생각하려고 애썼다. 잘 생각해 보니 친구란 것들 중 인간은 하나도 없었지만, 어쨌든 친구가 없는 건 아니다. 지구에는 없지만 말이다.

'그만하자……'

"스승님?"

생각에 빠져든 그의 얼굴을 이지희가 들여다보았다. 큰 눈동자 속에는 호기심이 찰방찰방 헤엄치고 있는 것 같았다.

"아무튼 가죠."

"네, 스승님!"

이지희는 기운차게 고개를 끄덕였다.

'체육계였으려나, 이 아가씨……'

물어보면 금방 대답해 줄 것 같은 분위기지만 두 배의 질문이 뒤따라올까 무서워 차마 물어보지는 못했다.

오늘 최재철이 이지희를 불러낸 이유는 간단했다. 그녀도 TA에 입사를 했기 때문이었다.

비록 최재철과는 달리 특채로 뽑히긴 했지만, 어벤저 랭크에 차이가 있으니 당연하다고도 볼 수 있었다. 최재철보다는 며칠 빨리 일을 시작했기 때문에, 월요일부터 출근을 시작할 자신에게 몇 가지 조언을 해주지 않을까 하는 생각에 불러냈다.

물론 단순한 인맥 관리의 의미도 있다. 별일 없을 때 부르지 않고 필요한 때만 연락을 하면 인성의 밑바닥을 금방 들키고 마니, 이런 사소한 일로 만나두는 것도 인간관계에는 중요했다. 적어도 최재철은 그렇게 생각하고 있다.

그런데 이지희는 생각이 좀 다른 모양이었다.

"영화 예약 시간에 늦겠어요, 스승님! 서둘러요!!"

"영화? 예약? 그게 무슨……."

"아이참, 빨리요!"

이지희는 최재철의 손을 잡고 달리기 시작했다.

＊　　　　　＊　　　　　＊

차원 균열이 열리고 세상이 팍팍해지면서 가장 퇴보한 것은 말할 것도 없이 문화였다. 영화관에서 10년 전의 영화를 그냥 틀어주는 것만 봐도 잘 알 수 있었다.

그럼에도 불구하고 영화관에서 영화를 보는 게 10년 만인 최재철의 입장에서는 이게 너무나도 재밌었다. 자신이 굶주려 있었다는 것조차 잊고 있다가 음식을 입에 넣은 후에야 비로소 배고픔을 인지하는 것과도 같이 최재철은 정신없이 영화에 빠져들었다.

"재밌으셨어요?"

"아, 네. 뭐."

그래도 영화를 재밌게 봤다고 인정하는 건 이상하게 꺼려졌다. 정확히는 부끄러웠다.

"다행이네요! 그럼 이제 식사하러 갈까요? 제가 예약해 둔 집이 있어요!!"

"아니, 오늘 밥값은 제가 낸다고……."

"땡! 예약하느라 벌써 선금 줬어요! 그래서 늦으면 안 돼요. 자, 얼른 가요."

뭐가 그리 좋은지 깔깔 웃으며 이지희는 다시 최재철의 손을 잡고 달리기 시작했다. 기본 이동 방법이 달리기라니, 무슨 초등학생도 아니고. 그런 생각이 들긴 했지만, 최재철은 순순히 그녀를 따라서 달렸다.

*   *   *

조금 이른 저녁 식사의 메뉴는 파스타였다. 이태리 요리라면 군대에서 뽀글이로 먹은 스파게티 라면 정도였던 최재철에게는 생경한 메뉴였다.

"입에 안 맞으시나요?"

"아뇨, 맛있습니다."

아주 거짓말은 아니었다. 파스타는 처음 먹어보지만 맛있었다. 익숙하지 않은 바질 향이 다소 당황스러웠을 뿐.

"전보다 밝아지신 것 같은데요."

"아, 그게…… 헤헤."

최재철의 지적에 이지희는 쑥스러운 듯 웃었다.

"제가 친구가 없잖아요."

"네? 아… 네."

"그래서 이렇게 누구랑 같이 노는 것도… 음… 처음? 아마 처음일 거예요. 그래서 들뜨는 바람에……. 티 많이 났나요?"

"네."

최재철은 고개를 끄덕였다.

"아이참, 부끄러워라."

이지희는 붉어진 자신의 뺨을 손으로 톡톡 쳤다.

"…뭐, 남녀 사이에 친구는 없다지만 이런 식으로 같이 놀아줄 사람이 필요하시다면야 언제든 연락 주시죠."

"아, 정말이요?"

이지희는 상반신을 쑥 내밀다가 테이블을 엎을 뻔하자 간신히 진정했다.

"그, 그럼 사양하지 않고 연락드릴게요."

그녀는 쑥스러운 듯 배시시 웃었다. 이렇게 성격 밝고 활발

한 그녀에게 왜 친구가 없었을까 새삼 궁금해졌지만, 최재철
도 묻지는 않았다. 뭔가 사정이 있었겠지. 그에게도 사정이 있
었던 것처럼.

"뭐, 저야 영광이죠."

그래서 상당히 입 발린 대꾸로 대화를 이어나갔다. 그러자
이지희는 그를 말없이 바라보기 시작했다.

"왜 그러시죠?"

"아뇨, 별로 영광이라고 생각하시는 것 같지는 않아서요."

할 말, 못 할 말 못 가리고 쑥쑥 찔러 들어오는 게, 확실히
인간관계에 능해 보이지는 않는다. 보통 생각은 해도 입 밖에
내지는 않는 말들을 직구로 시원스럽게 꽂아대는 그녀는 그
런 성격 탓에 고생을 좀 했을 것이다. 교우 관계뿐만이 아니
라, 좀 더 넓은 의미에서.

"하긴, 그래서 좋은 거지만요."

"네?"

"아, 제가 말했나요?"

"혹시 생각이 입 밖으로 나왔냐고 물으시는 거면… 네."

"아하하, 안 좋은 버릇인데."

민망한 듯 웃던 그녀의 입가에서 곧 미소가 사라졌다.

"제가 예쁘잖아요."

아니, 밑도 끝도 없이 이건 무슨. 최재철은 어이가 없었지만

뭐 틀린 말은 아니었기에 일단 고개를 끄덕여 주기는 했다.

"네, 뭐."

"아하하, 재미있는 반응이네요."

겉으로는 웃고 있었지만 별로 웃고 있는 것처럼 보이지는 않았다.

"이래 보여도 저 꾸미면 굉장하다고요. 연예인이 될 뻔도 했으니까."

어느새 그녀는 묻지도 않은 걸 재잘재잘 떠들고 있었다. 이 사람한테 중요한 걸 알려주면 안 되겠군. 최재철은 속으로 다짐하면서 일단 맞장구를 쳤다.

"확실히 꾸미면 더 예쁘기야 하겠죠."

"그렇죠? 그렇다니까요. 그래서… 연예인이 되려고 했었죠."

"될 뻔했던 게 아니라요?"

"물론 될 뻔도 했죠. 오랜 시간의 노력이, …꿈이 이뤄질 뻔도 했었죠."

그녀는 눈앞의 스파게티를 포크로 휙휙 저으며 말했다. 면이 한입 크기로 예쁘게 말렸다. 그녀는 그걸 입안에 넣고 오물오물거리다가 꿀꺽 삼켰다.

"맛있네요."

그녀답지 않게 화제를 돌리려 하자 최재철은 일단 넘어가 주기로 했다.

"그렇네요."

"깨닫는 게 너무 늦었어요."

"네?"

"연예인을 하려면 얼굴만 예뻐선 안 된다는 걸."

화제를 돌리려던 거 아니었나. 최재철은 다소 당황했다. 그런 그에게 기습적인 질문이 날아왔다.

"스승님께서는 꿈이 뭐였나요?"

"그런 거 없었습니다."

그 대답은 최재철 자신이 생각하는 것보다 빨리 나왔다. 최재철의 입장에서 생각해 볼 필요가 있었음에도 불구하고, 그런 프로세스는 전혀 거치지 않았다.

"살아남는 게 목표였죠."

10년 전의 김인수가 갖고 있던 삶의 목표가 바로 그것이었다. 집안 형편은 그다지 넉넉하지 못한데, 그저 짐 덩이였을 뿐인 자신의 존재가 너무나도 무거웠다. 그대로 침잠해 버릴까, 하는 유혹에도 몇 번이고 넘어갈 뻔했다.

그래서 간신히 구한 직장이 너무나도 소중했다. 그래서 동생의 일을 신경 써줄 수 없었다. 그래서 가족들의 복수를 포기할 수밖에 없었다.

본말전도였다. 가족의 짐 덩이가 되기 싫어서 구한 직장이었을 텐데, 그 직장의 자리를 보전하기 위해 가족들을 버린 거나 다름없었다.

"굳이 꿈이란 걸 꼽자면 혼자 힘으로 살아남는 거… 였죠."

휘몰아치는 자기혐오를 가슴속에 꾹 눌러 담으며 그는 담담히 말을 맺었다.

"그렇군요."

이지희는 말했다.

"꿈이란 걸 가지기엔 너무 팍팍한 세상이긴 하죠."

꿈을 가지고 있던 소녀가 그 꿈을 버릴 때의 표정은 어땠을까. 지금 이지희의 표정이 아마도 그 답에 가까우리라. 그녀는 무표정에 가까운 얼굴로 마지막 남은 면을 포크에 말았다.

"사실 저, 이런 음식 처음 먹어봐요."

"저도 그렇습니다만."

"맛있네요. 맛있어요."

"그렇네요."

그런 대화를 나누었다.

*　　　　*　　　　*

결과적으로 이지희와의 만남은 최재철에게 당장 크게 득이 되지는 않았다. 그녀도 입사한 지 얼마 안 되어 자기 앞가림도 버거워하는 처지였다. 최재철에게 유용한 정보를 줄 수 있을 정도로 회사 사정을 파악했을 리도 없었다.

"아, 다음 주 월요일에 신입 사원 오리엔테이션이 있어요."

"그거 저도 참가하는데."

"아, 그래요? 그럼 오리엔테이션은 같이 받겠네요."

그런 대화가 오갔다. 결론을 내자면 최재철과 이지희는 서로 갖고 있는 정보량이 그리 차이가 나지 않았다. 아니, 오히려 이지희가 TA의 면접시험을 프리 패스로 통과한 터라 면접시험과 차원 균열에 대해서 더 잘 몰랐다. 이런 부분은 최재철이 이지희에게 설명을 해주어야 했다.

하지만 오늘 하루를 공쳤다고는 생각하지 않았다. 그녀에게는 재능이 있었다. 우량주라고 해도 좋았다.

재능이 재능으로 머무를 뿐이라면 무용지물이겠지만, 김인수는 이계에서 차원 능력자 육성 기관인 '상아탑'의 장을 맡았던 인재이다. 그는 이지희의 재능을 끌어낼 자신이 있었다. 그런 면에서는 이지희는 만약 지구에서도 세력을 꾸릴 생각이라면 반드시 영입해야 할 인재였다.

그런 단순한 득실의 문제를 제외하고도 김인수에게 오늘의 만남은 의의가 있었다. 김인수 본인은 그다지 자각하고 있지는 못했지만, 복수만을 바라보며 달려오느라 피폐해진 그의 정신에 조금이나마 윤기를 더해주는 시간이기도 했기 때문이다.

손익과 관계없이 우호적인 상대와 소소한 이야기를 나눈다
는 상황 자체가 김인수에게는 드물었다. 아니, 지구에서는 이
지희가 유일할지도 몰랐다.

"흠."

김인수는 짧게 한숨을 내쉬고 이불 위에 몸을 던졌다. 이불
에서 냄새가 났다. 최재철의 것인지 김인수 본인의 것인지 이
제는 분간조차 가지 않는 미묘한 냄새였다.

내일 해가 뜨면 볕 아래에 이불을 말려야지.

그런 생각을 하며 그는 눈을 감았다.

*   *   *

다음 날 일어난 김인수는 이불 빨래를 했다. 스스로 이불
빨래를 하는 게 얼마만일까. 어쩌면 군대에서 전역한 이후로
처음일지도 몰랐다. 물을 짜내고 창문 너머로 이불을 널고 나
자, 이상하게도 편안함이 느껴졌다.

기왕 집안일을 하는 김에 이 방에 온 이후 처음으로 청소
를 하기로 했다. 끼니를 때웠던 편의점 음식들의 포장이나 비
닐봉지 등의 흩어져 있던 쓰레기를 한데 모아 쓰레기봉투에
넣고 먼지를 한 번 쓸어낸 것뿐이었지만, 방의 환경이 한결 쾌
적해졌다.

걸레질을 하자 바닥에서는 먼지가 시커멓게 묻어나왔다. 걸레질까지 끝내고 나자 왜 지금까지 이러고 살았는지에 대한 의구심마저 들었다.

오후에는 밖에 나가 프라이팬과 계란 한 판을 샀다. 냉장고를 주문해야겠다는 생각을 하며, 그는 지구에 온 뒤 처음으로 직접 만든 계란 요리를 먹었다. 따뜻한 밥이 먹고 싶어지는 맛이었다.

'전기밥솥도 사야 하나.'

사온 계란 6개를 전부 해치운 후, 김인수는 배를 두드렸다. 이 얼마 만에 느끼는 행복감이란 말인가. 하지만 그 행복감을 느끼는 동시에 그는 죄악감에 젖었다. 동생과 어머니, 아버지의 복수가 아직 끝나지도 않았는데 행복하다고 생각하다니.

'아니, 아니지.'

그는 곧 고개를 저었다. 그렇게 자신을 한계에 몰아붙일 이유가 없었다. 자신을 깎아가면서까지 복수를 해서는 안 된다. 왜냐하면 그의 적들은 그가 조금이라도 상처를 입고 피해를 입기 바랄 테니까.

복수는 완전한 승리로 비로소 완성될 터였다. 완전한 승리를 위해서 물밑 작업을 하고 있는 지금, 필요한 것은 오히려 인내심과 여유였다. 충동적으로 진현우를 살해해 버린 과오를 되풀이하지 않기 위해서라도 김인수는 스스로에게 여유를 부려야 할 필요가 있었다.

'배가 부르니 깨달음이 찾아오는군.'

김인수는 픽 웃었다. 썩 괜찮은 일요일인 것 같았다.

8장

출근 첫 날

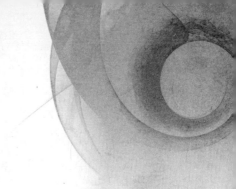

월요일.

최재철에게 있어서는 TA라는 새로운 회사의 첫 출근일이기도 하다. 첫 출근이라고는 해도 신입 사원 오리엔테이션이라는 개념에 가깝고, 대기업 소속 어벤저들은 임무가 있을 때마다 호출되는 업무 형태만 보면 외주 전문 업체와 비슷하기에 출근에 그렇게까지 큰 의의를 둘 필요는 없긴 하지만 말이다.

최재철은 그냥 면접 때 입었던 정장을 그대로 입기로 했다. 어벤저들은 거의 안 입는다는 정장이지만, 반대로 말하면 복장은 자유이니 뭘 입어도 상관은 없었다.

넥타이를 꽉 조여매고, 그는 최재철의 모습으로 집을 나섰다. 어쨌든 10년 전에는 그렇게 되고 싶었던 대기업 정규직 사원이 되었다. 지금 와서 특별히 감회가 느껴지지는 않지만, 나름 의의가 있기는 할 것이다.

*   *   *

TA 한국 지사 2층의 커다란 홀에서 신입 사원 오리엔테이션이 진행되었다. 이번 오리엔테이션은 오직 어벤저 신입 사원만으로 이루어져, 그 규모는 매우 작았다.

"아, 안녕하세요? 최재철 씨."

홀에 들어서자마자 누군가가 그를 알아보고 인사했다. 최재철도 그를 알아볼 수 있었다. 면접 때 봤었던 얼굴로, 그와 함께 합격한 신입 사원이었다.

군인처럼 짧게 깎은 머리와 미군 전투복이 잘 어울렸고, 다부지게 벌어진 가슴과 어깨가 인상적이었다. 최재철은 그가 왼쪽 가슴에 단 명찰로 그의 이름을 파악했다.

"여의주 씨?"

"아, 명찰 보셨죠? 지금."

여의주라는 이름의 그는 자신의 명찰을 가리며 가볍게 웃었다.

"하긴, 면접 때 서로 자기소개 같은 건 안 했으니 이름을 기억하는 게 더 이상하긴 하죠."

"그런 것 치고는 제 이름을 알고 계시는데……."

"최재철 씨는 유명하니까요."

"네? 제가요?"

그렇게 되묻긴 했지만 그는 곧 왜 자신이 유명해졌는지 알아차렸다. 그야 면접 때 그렇게 강한 인상을 남기고 면접관이 따로 보자고까지 했는데, 적어도 신입 사원들 사이에서는 이름이 알려지지 않는다면 그쪽이 오히려 이상하다.

"지금 겸손해하시는 거 맞죠?"

"아, 아뇨. 그렇게 보였다면 죄송합니다."

"사과하실 일은 아니죠. 어쨌든 부럽습니다. 배우고 싶기도 하고요."

"정말이요?"

최재철의 눈빛이 변했다. 사실 그는 남을 가르치는 것을 좋아한다. 아무에게나 자신의 지식이나 기술을 전수했다가 배신을 당한 기억이 있어서 그 후부터는 사람을 고르긴 하지만 말이다.

참고로 그를 배신했던 그 멍청이는 지금 시체가 되어 있다. 그가 직접 죽인 건 아니지만. 더러운 짓을 하는 인간은 언젠가 자신도 더럽게 죽게 마련이다.

어쨌든 최재철은 좀 더 면밀히 여의주를 관찰했다.

이지희에 비해 크게 뒤떨어지는 차원력의 총량이 아쉽기는 하지만 괜히 면접 통과자가 아닌지라 완전히 가망이 없는 수준은 아니었다. 효율적으로 고유 능력을 수련한다면 본인의 노력 여하에 따라 일가를 이룰 가능성도 없지는 않았다.

"저, 저기……."

여의주는 최재철의 바뀐 시선에 당황해했다.

"아, 스승님!"

그런데 그때, 마침 이지희의 목소리가 들렸다. 그녀는 마치 주인을 발견한 강아지처럼 뛰어와서 최재철 옆에 섰다. 그래도 회사에 출근한 것이라 가볍게 살짝 화장을 했는데, 괜히 연예인 지망생을 한 게 아닌지 그것만으로도 굉장한 미녀가 되어 있었다. 여의주가 그녀의 미모에 넋을 잃은 것을 곁눈으로도 확인할 수 있었다.

"아, 지희 씨."

"네, 저예요."

이지희는 배시시 웃었다. 그 미소를 본 여의주가 얼굴을 확 붉히며 시선을 피했다. 아니, 댁이 왜? 최재철은 어이없어 하면서도 여의주의 표정 변화를 못 본 척했다.

"스승님, 저 예쁘지 않나요? 오늘 좀 꾸며봤는데."

"네, 굉장히 아름답네요."

"반응이 너무 담백한데. 좀 당황하거나 그래야 되지 않아요? 이렇게 예뻐질 줄 몰랐는데, 뭐 이런 식으로."

"이렇게 예뻐질 줄 몰랐는데."

"아하하, 엎드려서 절 받았네요!"

이지희는 쾌활하게 웃었다. 그런 이지희와 최재철을 보며 다른 신입 사원들이 웅성거리는 것이 멀리서도 보였다.

이 정도의 미인인데다가 B급 어벤저이기까지 하니 주목을 사는 것도 무리는 아니리라.

최재철은 그렇게 생각했지만, 이지희의 생각은 다른 모양이었다.

"역시 스승님, 벌써 시선을 끌어 모으고 계시네요."

"제가요?"

"그야 현오준 팀장이 개인적으로 식사까지 대접할 정도의 대형 신인이라는 소문이 파다하니, 주목을 안 받는 게 이상하죠."

"그런 소문까지 퍼졌어요?"

"네, 어벤저 네트워크에서. 정확히는 회사 인트라넷에서요."

이래서 인터넷이란! 나중에 인트라넷에 자신의 이름으로 검색 좀 해봐야겠다는 생각을 하며, 최재철은 속으로 혀를 찼다. 어떤 뜬소문이 돌고 있을지 모를 일이니 말이다.

'음? 잠깐, 하지만 이게 반드시 나쁜 현상이라고만은 할 수 없지.'

최재철은 마음을 바꿔먹었다.

사실 좀 더 큰 다음에 날뛸 생각이었지만, 이미 이름이 알려진 이상은 억지로 겸양하는 것보다는 흐름대로 따라가는 것이 낫다고 느껴졌다.

어차피 사내에서 성공을 거두려면 슈퍼 루키로 인식되는 게 나쁜 일만은 아니었다. B급 이상의 어벤저가 득시글대는 이 TA라는 대기업에서 입지를 확보하고 출세를 해서 금력과 권력을 손에 얻는 것이 목표인 이상, 어느 정도는 눈에 띌 필요가 있었다.

요는 최재철이 김인수인 것만 들키지 않으면 된다. 아예 뉴스에 나서 WF와 진가규의 시선을 끌어 모을 정도만 아니라면, 최재철로는 다소 날뛰어도 상관없다는 이야기다.

물론 일정 이상의 능력자는 그의 정체를 알아낼 수단을 갖고 있기 때문에 그건 주의할 필요가 있었다. 반대로 말하면 그 수단만 주의하면 된다.

'좋아, 이왕 이름이 이렇게 알려진 이상 최대한 활용해야지.'

그렇게 생각을 끝낸 최재철이 고개를 들자, 줄곧 입을 닫고 있던 여의주가 시뻘게진 얼굴로 간신히 입을 벌렸다.

"저, 저기……. 소개, 소개 좀 시켜주세요."

"소개? 자기소개? 자기소개는 직접 하면 되잖아요."

최재철의 말에 여의주는 머쓱하니 섰다가, 눈을 질끈 감고 이지희를 향해 고개를 90도 각도로 숙이며 말을 더듬기 시작했다.

"아, 안녕하세요. 저는 여, 의주라고 합니다. 이상한 이름, 이죠? 와하하!"

이상한 이름이라는 자각이 있긴 있는 모양이었다. 그렇게 자기소개를 마친 여의주는 어색하게 웃음을 터뜨렸다.

"아, 네. 전 이지희입니다. 스승님 제자죠."

이지희는 사무적인 목소리로 대꾸했다.

"제, 자……."

여의주는 이지희의 말을 반추라도 하듯 우물거리다가 문득 최재철을 바라보았다.

"스승님."

"어?"

"절 제자로 받아주십시오!"

이렇게 대놓고 흑심에 가득 찬 남자도 간만에 본지라, 최재철은 가볍게 웃고 말았다.

"확실히 이지희 씨는 굉장한 미녀로군요."

그는 거절의 말을 그렇게 돌려서 말해보았다. 아무리 어제 생활에 여유와 인내심을 가질 필요를 느꼈다 한들, 남의 연애에 다리를 놔줄 정도로 한가하지는 않았다.

"어, 저, 그게……."

여의주도 눈치가 아예 없는 건 아닌지, 최재철의 말에 크게 당황하는 기색이었다.

"자아, 사담은 거기까지! 신입들, 이쪽으로 모여라!!"

그때, 홀의 단상에 누가 올라서서 그렇게 외쳤다. 홀 여기저기 흩어져 서 있던 신입 사원들이 그 외침에 단상 앞으로 모여 누가 시키지도 않았는데 오와 열을 맞춰 섰다. 최재철도 자연스럽게 그 대열에 합류했다.

신입 사원의 숫자는 최재철을 포함해서 총 10명. 열을 맞춰서 있으니 금방 셀 수 있었다. 이 중에서 면접 통과자는 다섯 명, 특채로 들어온 B급 어벤저가 다섯 명. 면접 때 만나본 이들의 얼굴은 금방 알아볼 수 있었으므로 구분하는 것은 어렵지 않았다.

면접 통과자들 쪽은 최재철을 제외하면 길드에서 나름 경력을 쌓은 이들이고 차원 균열과 맞닥뜨린 경험도 있지만 특채 신입들은 아마도 교육기관에서 바로 올라온 이들일 터였다.

그렇다고 특채들을 마냥 애송이라고 무시할 수는 없다. B급 이상의 라이센스를 얻기 위해서는 상당한 차원력이 필요하니만큼, 그 정도의 잠재력은 갖고 있을 테니까.

"자아, 신입들! 신입 오리엔테이션이라고는 해도 우리는 강의를 하거나 레크리에이션을 즐기거나 술을 먹거나 하지는 않을 거다. 우리는 어벤저들이고, 앞 선에 나아가 실전을 치러야 하는 실무자들이다. 그런 만큼 우리는 너희의 쪼인트를 까거나 원산폭격 시키고 엉덩이를 두들기는 짓으로 위계질서를 세운다거나 할 생각은 없다."

그렇게 말한 단상 위의 상급 어벤저는 씨익 웃고 몇 초간 신입들의 반응을 기다렸다.

"…음? 농담이었는데 웃지 않는 건가? 아무튼 좋다. 이 신입 오리엔테이션 동안 우리가 할 일은 간단하다. 우리는 팀을 짤 거다. 이 자리에는 결원이 생긴 팀의 팀장들이 들어올 거고, 너희는 맘에 드는 팀에 신청서를 넣으면 된다. 자발적이지? 각 팀은 수행하는 임무가 다르고, 이건 팀장들이 다 설명해 줄 거다. 자신의 성향에 맞는 팀을 찾도록!"

*   *   *

상급 어벤저는 재미있는 농담이라도 하는 듯 재치 있는 목소리로 신입 사원들에게 불리한 내용을 떠들었다.

"요컨대, 주도적으로 움직여라! 아니면 연봉에 손해를 보게 될 거야."

근로 계약서를 아직 쓰지 않은 것도 그 때문이었나. 최재철은 속으로 탄식했다.

만약 오늘 팀을 꾸리지 못하면 인턴용 계약서를, 아니라면 정직원용 계약서를 쓰게 될 터였다. 한 번 비정규직으로 일해 본 최재철은 두 입장 사이에 가히 천국과 지옥만큼이나 큰 차이가 있다는 것을 잘 알고 있었다.

"자아, 그럼 시작하자!"

단상에 서 있던 상급 어벤저는 그렇게 외치더니, 자신이 가장 먼저 단상에서 내려와 달리기 시작했다. 그런 그의 등 뒤에 다른 팀장 어벤저들의 비난이 쏟아졌다.

"앗, 선배! 치사하게!"

"야! 거기 서!!"

그러나 상급 어벤저는 그런 비난 따위는 들은 척도 않고 계속 달렸다. 다른 신입 사원들을 헤치고 쭉쭉 진로를 뻗은 그는 이윽고 멈춰 섰다.

최재철의 앞이었다.

"네가 최재철이로군!"

상급 어벤저는 최재철에게 손을 내밀어 악수를 청했다. 그런 그의 뒤에는 다시금 비난이 쏟아졌다.

"선배, 안 돼요!"

"걘 내가 점찍었어!!"

그러나 상급 어벤저는 아랑곳하지 않았다.

"외야에서 뭐라 떠들든 상관 말도록. 내 이름은 우주환이

다. 자아, 최재철! 나의 팀에 들어와라! 최고의 대우를 약속하
지."

고작 이름 하나 말해놓고 자기소개가 끝나기라도 한 듯, 우
주환은 최재철의 손을 끌어당겨 잡아 억지로 악수하며 바로
권유의 말을 던졌다.

"우주환 선배님."

"아, 직급은 팀장이다. 여기 온 팀장 녀석들은 다들 팀장이
야. 팀을 이끄는 장이니 팀장이지."

"그럼 우주환 팀장님."

"그래, 질문해라! 대답해 주지."

"팀장님 팀에서 제가 수행해야 하는 역할은 무엇입니까?"

"좋은 질문이로군!"

우주환은 씨익 웃어 하얀 이빨을 드러내어 보였다.

"우리 팀이 주로 수행하는 임무는 차원 균열 주변의 철저한
청소다. 지역사회와 공조해서 차원 균열 주변의 안전을 확보
하는데 주력하지. 물론 팀 내에 디코이를 두고 차원 균열 안
의 어보미네이션을 끌어내어 처치하는 것도 함께한다."

거기까지 설명한 우주환은 뭐라고 말하려는 최재철의 입을
막기라도 하듯 빠른 어투로 이어서 이렇게 말했다.

"우리 팀은 전원 신체 강화 능력을 지닌 어벤저로 구성되어
있기 때문에 빠르고 안전한 임무 수행이 가능한 것이 특장점

이다. 같은 신체 강화계 어벤저인 너와 딱 맞는 팀이라고 생각하는데?"

그런 우주환의 말을 들은 최재철은 속으로만 한숨을 내쉬었다.

'최악이로군.'

단일 능력자로만 팀을 구성하다니, 비상식적인 걸 넘어서 몰상식적이기까지 하다.

물론 최하급 어보미네이션인 리자드독이나 하급 어보미네이션인 크로코리언까진 그냥 때려잡으면 되니 신체 강화 능력자만으로도 사냥이 가능하기는 할 터였다.

하지만 자신의 모습을 감출 줄 아는 변종인 변색 도마뱀이나 투명 마수가 나오면 감지 능력자 없이는 처치하는 것이 불가능해진다. 헬필드 안에서는 적외선 감지 장치를 비롯한 현대적인 감지 장치조차 통하지 않으니 말이다.

우주환의 팀은 그냥 신체 강화 차원 능력자만 있다고 본인이 본인의 입으로 밝혔다. 만약 우주환의 팀 구성으로 임무 중에 차원 균열에서 변종 마수들이 기어 나오기라도 하면?

몰살이다.

물론 김인수 같은 다중 능력자, 대마법사라면 이 팀의 약점을 제대로 보완해 줄 수 있다. 하지만 팀에 참가하는 것은 어디까지나 최재철이다. 김인수는 최재철이라는 신분에 걸맞은 능력만을 사용할 생각이었으므로, 우주환의 팀에 소속되는 자살행위를 해서는 안 됐다.

'자아, 어떻게 거절하지?'

보아하니 이 우주환라는 남자는 나쁜 의미로 리더십이 강한 타입으로 보였다. 자신의 의견에 따르지 않으면 화를 내고, 다른 의견은 들은 척도 안 하는 타입의 인간. 이런 타입의 인간은 제의를 거부당하면 적대 의식을 가지게 될 가능성이 있었다.

대마법사인 김인수는 상성상 그저 신체 능력자에 불과한 우주환을 손쉽게 처치할 수는 있었다. 하지만 지금의 이 지구에서 살인은 덮는 데 꽤나 돈과 권력이 필요한 범죄다. 쓸데없이 죽여야 할 상대를 늘릴 필요는 없었다.

"최재철 씨, 저기, 저는 유구언이라 합니다만……."

그때, 그에게 다가온 것이 다른 팀장급 어벤저였다. 이름은 유구언. 키도 작고 체구도 작은, 약간 비굴해 보이는 인상의 남자였다.

"뭐야, 넌! 선배가 지금 이야기를 나누고 있잖냐! 다른 데로 가라."

개라도 쫓듯, 우주환은 그에게 손을 내저었다.

"아까부터 최재철 씨가 고민 중인 모양이던데요. 그럼 이야기는 끝난 거 아닌가요? 선배."

"뭐? 그럴 리가. 고민할 게 뭐 있나? 우리 팀이 실적 1위 팀이라고. 아, 이 이야기를 안 했군. 우리 팀이 실적 1위 팀이야. 그만큼 연봉도 높다고!"

"대신 사망률도 가장 높죠."

"무언가를 얻으려면 그만큼의 희생이 따르는 법이지."

'타인의 희생 말인가.'

최재철은 우주환과 유구언의 대화를 들으며 실소했다.

"뭐, 어벤저업이라는 게 원래 위험하지. 우리 팀의 사망률이 약간 높긴 하지만, 너희 팀과 비교해서 그렇게까지 높은 편은 아닐 텐데?"

"높은 건 높은 거 맞잖아요."

"위험한 걸로 치면 저기, 누구냐! 그 녀석의 팀이 가장 위험하지!"

사망률에 대한 이야기를 계속하는 게 자신에게 불리하다는 걸 뒤늦게라도 깨달았는지, 우주환은 화제를 돌렸다.

"현오준! 저놈 미친놈이라니까. 팀을 꾸려서 차원 균열 안으로 들어가겠다니 제 정신으로 할 생각은 아니지. 아직 임무를 수행할 팀을 못 꾸려서 그렇지, 임무가 시작되면 최고 사망률을 기록할 팀은 현오준 팀이 될 걸."

"제 이야기 중이셨군요, 선배."

어느새 현오준도 최재철의 옆에 와 있었다. 그의 존재에 우주환이 움찔 놀라는 것이 보였다.

"어, 어어, 그래."

뭐지? 우주환은 현오준에게 약한 건가? 최재철은 흥미진진하게 두 팀장을 바라보았다. 그런데 여기서 유구언이 끼어들었다.

"어, 현오준 팀장, 그러고 보니 최재철 씨한테 미리 밥 샀다면서요? 그거 정말이에요?"

"뭐? 그게 정말이야? 그런 치사한 짓을!"

"선배도 자주 하시는 거 아닙니까. 면접관의 특권이라면서요."

"엉? 어, 그래, 그랬지."

공격할 거리를 찾았다는 듯 희희낙락하던 우주환의 얼굴은 다시 구겨졌다.

"어쨌든 그렇습니다, 최재철 씨."

현오준은 겨우 최재철에게 고개를 돌리고 말했다.

"사실 여기 계신 제 선배인 우주환 팀장님 팀에서는 더 큰 수익을 얻으실 수 있을 겁니다. 유구언 팀장님 팀보다는 약간 위험하겠지만요. 하지만 제 팀은 안정된 수익을 얻기도 힘들뿐더러 수익에 비해 큰 위험을 부담해야 합니다. 이런 점을 제가 미리 말씀드리지 않은 건 비겁하다고 하셔도 할 말은 없습니다만……."

"현오준 팀장님의 팀에 신청서를 내겠습니다."

"그렇더라도… 네?"

현오준은 스스로의 귀를 의심하기라도 한 듯 최재철에게 되물었다. 그는 조금 전에 자신이 한 말을 다시 한 번 했다.

"현오준 팀장님의 팀에 신청서를 내겠습니다."

"저, 정말입니까?"

현오준의 얼굴에 화색이 돌았다. 동시에 그 뒤에 서 있던 우주환의 얼굴이 구겨졌다.

"흥, 가끔 있지. 뛰어난 놈들 중에서는. 아무도 가지 않는 길을 굳이 골라서 가려고 하는 녀석. 너도 현오준하고 같은 부류의 인간인 모양이로군."

"죄송합니다, 우주환 팀장님."

"사과할 건 없어. 하지만 후회하게 될 거다. 후회하게 될 거라고 예언해 두지."

우주환은 방향을 휙 돌려서 다른 곳으로 가버렸고, 유구언이 그 뒤를 따랐다.

"어이! 여의주란 놈은 어디 있나!"

"저기 있네요, 선배."

"오, 여의주! 네가 여의주로구나! 이상한 이름이네! 우하하하!!"

"네, 예?"

아무래도 우주환의 다음 물색 목표물은 여의주였던 모양이었다. 우주환의 큰 목소리에 여의주가 쪼그라드는 모습이 여기서도 보였다. 그 모습을 몇 초간 보고 있으려니, 현오준이 최재철의 손을 잡았다.

"환영합니다, 최재철 씨. 정말로… 환영합니다."

아니, 울먹일 것까진 없지 않은가. 그는 내심 당황하면서도 고개를 숙였다.

"별말씀을요. 저야말로 앞으로 잘 부탁드립니다."

"아, 스승님."

그때, 최재철의 등 뒤에 이지희가 들러붙었다. 뒤에는 팀장 몇 명이 따라붙어 있었다. 그 굉장히 부담스러운 모습으로, 이지희는 낭랑하기도 한 목소리로 외쳤다.

"저도 스승님이랑 같은 팀에 신청서를 내겠습니다!"

최재철은 순간적으로 당황해서 그녀의 얼굴을 쳐다보았다.

"지희 씨?!"

"많은 지도 편달 부탁드립니다!!"

그렇게 외친 후, 이지희는 깜찍하게도 웃었다.

"아, B급 라이센스를 지닌 이지희 씨로군요. 환영합니다. 생각도 안 했는데 이렇게 팀원을 충원하게 되다니 저로서도 영광이로군요."

현오준은 기쁜 듯 웃었다. 이지희의 뒤에 들러붙어 있던 팀장들은 혀를 차면서 그녀에게서 멀어져 갔다. 쓸데없이 적을 늘린 것 같은 느낌이긴 하지만 최재철로서도 바라던 결과이기는 했다. 곁에 두고 가르치는 것이 가장 좋기는 하니 말이다.

"자아, 저희 팀은 충원이 끝났습니다. 최재철 씨, 이지희 씨, 저희 사무실로 안내하죠."

최재철과 이지희의 신청서를 받고 그 자리에서 결재 사인을 한 현오준은 가방 속에 신청서를 잘 갈무리한 후 신입들에게 그렇게 말했다.

"그런데 스승님, 이 팀은 뭘 하는 팀인가요?"

역시 그냥 최재철만 보고 무작정 신청서부터 던진 거였나. 이 아가씨는 보기보다 무데뽀 같은 면이 있었다.

"차원 균열 진입입니다."

현오준이 화도 짜증도 내지 않고 친절하게 말했다.

"차원 균열 진입이요?"

이지희가 화들짝 놀랐다.

"후후, 이지희 씨, 이미 신청서는 제 가방 안에 있습니다. 지금 와서 무르려고 해봐야……."

"저 꼭 가보고 싶었어요! 차원 균열 너머로!!"

현오준, 그러니까 불과 몇 분 전부터 자신의 직속상관이 된 팀장의 말을 끊으며 이지희가 흥분한 목소리로 그렇게 외쳤다.

"저 차원 균열 너머에는 대체 어떤 세계가 펼쳐져 있을까! 저, 꼭 한번 가보고 싶었어요!!"

"생각했던 것보다 훨씬 미친년이었군."

버둥거리는 여의주를 어깨에 짊어진 우주환이 지나가면서 그런 말을 했지만 이지희 본인은 신경도 쓰지 않는 눈치였다.

'기회 생기면 나중에 꼭 한번 패줘야지, 저 무례한 인간.'

최재철은 그렇게 생각하며 잠자코 있었다.

"차원 균열 너머는 위험한 세계입니다. 위험도로 따지면 저희 팀은 우리 회사의 그 어떤 어벤저 팀보다 위험한 임무를 수행하게 될 겁니다."

"괜찮아요, 뭐. 전 부모도 없고 딸린 식구도 없으니까요."

이지희는 소탈하게 웃으면서 묵직한 이야기를 던졌다.

"친구도 없고 말이죠."

"네, 저 친구도 없어요."

최재철이 한 마디 보태자, 이지희는 굉장히 재미있는 농담이라는 듯 깔깔 웃으며 받았다. 현오준은 불쌍하게도 적지 않게 당황한 눈치였지만 애써 지은 미소를 잃지 않은 채 대답했다.

"그, 그렇군요. 어쨌든 환영합니다."

"네, 잘 부탁드립니다! 현… 팀장님!!"

역시 팀장 이름도 안 듣고 팀에 신청서를 낸 모양이었다.

"현오준 팀장님."

"현오준 팀장님!"

최재철이 옆에서 현오준의 이름을 말해주자, 이지희는 곧장 따라했다.

"어쨌든 이런 곳에서 이야기를 나누기는 좀 그렇군요. 자아, 사무실로 가시죠."

이지희의 미모에 최재철의 면접 때 소문, 거기에 가장 위험하다는 현오준의 팀이 지닌 악명까지 얹어져 그들 셋은 이 홀에서 엄청나게 시선을 끌어 모으고 있었다.

그러므로 최재철은 곧장 고개를 끄덕였다. 쓸데없이 시선을 모으는 건 그 또한 그리 바람직하게 여기지 않았다. 그가 고개를 끄덕이는 걸 보고, 이지희도 순순히 현오준을 따라 이동하기 시작했다.

막 이지희가 팀에 합류했을 때와는 달리, 현오준의 어깨는 아까보다 약간 쳐져 있는 것처럼 보였다.

*　　　　*　　　　*

현오준 팀.

사무실 문에는 그런 명패가 걸려 있었다. 그리고 그 팀의 팀장일 터인 현오준은 심호흡을 한 번 깊게 하고 배에 힘을 준 뒤 긴장한 기색이 역력한 표정으로 노크했다.

"들어오세요."

안에서 목소리가 들렸다. 여자 목소리였다. 그 대답을 끝까지 듣고 1초 후에나 현오준은 문고리를 잡았다.

"팀장님, 오늘 신입 못 데려오면 돌아올 생각도 하지 말라고 미리 말씀 드리지 않았나요?"

문이 열리자마자 그런 폭언이 날아들었다.

"아니, 그게……."

현오준은 변명이라도 하려는 듯 기죽은 목소리로 입을 열었다. 하지만 그가 뭐라고 말하기도 전에 사무실 안의 여자는 벌떡 일어났다.

"신입!"

그녀에게도 드디어 최재철과 이지희의 모습이 눈에 들어온 모양이었다. 그리고 최재철도 그녀의 모습을 눈으로 확인할 수 있게 되었다.

나이는 15세 정도일까. 아니, 더 적을지도 모른다. 분명한 것은 그녀가 미성년자로 보인다는 점이다. 그녀를 보고 있던 최재철은 문득 불쾌한 표정으로 허공에 손을 내저었다.

"아얏!"

사무실 안의 여자, 아니, 소녀는 짧게 비명을 내질렀다. 분석 스킬은 신경 다발을 밖으로 꺼내 상대에게 접촉시키는 거나 마찬가지인 행위이다. 그걸 쳐냈으니 꽤나 아플 터였다.

그렇다. 소녀는 최재철을 향해 분석 스킬을 사용했다. 그리고 최재철은 그 능력에 카운터를 쳐낸 것이고 말이다.

이 분석 스킬이 바로 최재철의 정체를 알아낼 수 있는 수단이었다. 다른 건 다 괜찮아도 자신의 정체만은 들키면 안 되는 최재철에게 있어서 아킬레스건이나 다름없는 곳을 건드린 소녀를 최재철은 노려보았다.

소녀는 고통으로 얼굴을 일그러뜨리고 있었다. 그러나 그 시선만큼은 날카로운 적의를 던지고 있었다.

최재철은 '후' 하고 짧게 숨을 뱉으며 말했다.

"허락도 없이 분석 스킬을 쓰는 건 무례한 짓이라고 아무도 안 가르쳐 주던가?"

"앗, 저기, 최재철 씨."

옆에서 현오준이 당황해서 끼어들려고 했지만, 최재철은 아랑곳하지 않았다. 이미 공격이 시작되었기 때문이다. 차원력으로 이루어진 보이지 않는 주먹이 그를 향해 날아들고 있었다. 날리고 있는 건 물론 아직 통성명도 하지 않은 사무실 안의 소녀였다.

'염동력 능력자인가.'

염동력이란 건 그가 있던 이계에서도 꽤나 드문 차원 능력 중 하나였다. 아마 지구에서도 마찬가지일 테고, 이 능력 덕에 이 소녀는 꽤나 높은 랭크의 라이센스를 받았을 터였다. 자신만만하게 공격부터 날리는 것만 봐도 알 수 있었다.

소녀의 공격에는 그다지 살의가 느껴지지는 않았다. 그저 자신을 아프게 만든 상대를 자신만큼 아프게 만들어주겠다는 의지가 담긴 염동력 펀치일 터였다.

"쯧."

그렇다고 순순히 맞아줄 생각은 없었다. 이미 팀 내에서 죽어지낼 생각은 접은 최재철이다. 이런 기선 제압을 받아줄 이유가 없었다. 그는 짧게 혀를 차고 염동력 공격을 손쉽게 피했다. 이 정도야 체술만으로 피할 수 있었다.

그러나 최재철의 몸놀림을 본 소녀는 놀라서 눈을 휘둥그레 떴다. 그 빈틈을 놓치지 않고, 최재철은 소녀의 품 안으로 파고들었다. 그리고 차원력을 한껏 담은 주먹을……!

"후……."

눈을 질끈 감은 소녀와 손가락 하나만큼도 떨어지지 않은 거리에서 최재철은 멈췄다.

"계속할 텐가?"

"히, 히익!"

소녀의 눈망울에 눈물이 차오르기 시작했다. 울려 버린 건가. 최재철은 짜증 섞인 한숨을 내쉬려고 했지만, 소녀는 울지는 않았다. 대신 현오준에게 빼액 소리 질렀다.

"팀, 장님! 얘 뭐예요?!"

"얘라니."

최재철은 검지로 소녀의 이마를 살짝 때렸다.

"어른한테."

"으으으……!"

소녀는 본격적으로 울먹거리기 시작했다.

"아… 최재철 씨. 그녀는 일단은 우리 팀의 에이스입니다. 아직 미성년이라 제가 팀장을 맡고는 있습니다만, 그녀는 저보다도 높은 S급의 랭커입니다."

"랭커."

최재철은 전투태세를 풀고 소녀를 내려다보았다.

자신보다 머리 하나 이상 작은 이 소녀가 랭커라니. 염동력이 드문 능력이기는 하지만 이 소녀가 랭커일 줄은 몰랐다.

어벤저의 라이센스 구분은 D급부터 A급까지 존재한다. 그이상의 S급 라이센스는 사실 존재하지 않는다. 그러나 명백히 A급을 초월한 상위 20명까지의 어벤저를 암묵적으로 S급이라고 부른다. 다른 말로는 랭커라고도 하는데, 각 어벤저의 능력과 실적으로 순위를 매기는 데서 유래한 명칭이다.

'으, 상대가 안 좋았군.'

아무리 슈퍼 루키가 될 생각을 했다고 한들, 시작부터 S급을 상대로 맞먹어 버리다니. 최재철은 계산 외의 상황 때문에 인상을 쓰지 않으려 노력해야 했다.

최재철의 심경을 아는지 모르는지, 현오준은 계속해서 소개를 했다.

　"그녀의 이름은 오연화. S급 15위의 랭커입니다. 연화 양, 그는 최재철 씨라고 합니다. 말씀드린 적 있었죠? 제가 면접 때……."

　"어떻게 제 공격을 간파한 거죠?!"

　눈에서는 눈물을 줄줄 흘리고 있으면서도, 오연화는 목소리만은 당당하게 물었다.

　"만나 뵙게 되서 영광입니다, 오연화 씨. 오늘부터 이 팀에 소속된 최재철입니다."

　이미 늦었다는 걸 알고 있으면서도, 최재철은 엎질러진 물을 주워 담을 기세로 공손히 자기소개를 그녀에게 건넸다. 그리고 물론 무용지물이었다. 소녀의 시선은 전혀 부드러워지지 않았다.

　"질문에나 대답하세요!"

　이렇게 된 이상, 상대가 바라는 대로 하는 수밖에 없어보였다. 그러므로 그는 순순히 질문에 대답했다.

　"그냥 제 눈에는 공격이 보였습니다. 어떻게, 왜 같은 걸 설명드릴 방법 같은 건 없군요."

　"그야 그럴 테죠! 그게 당신의 어벤저 스킬인가요?"

　"어벤저 스킬. 그렇다고 할 수 있겠군요."

아직까지도 닭똥 같은 눈물을 뚝뚝 흘리고 있는 그녀에게 최재철은 손수건을 내밀었다. 그녀는 말없이 손수건을 받아들고 자신의 눈물을 닦더니, 그 손수건을 최재철에게 도로 내밀며 조금 전보다는 진정한 목소리로 말했다.

"공격해서 죄송해요. 당황해서 그랬어요."

사과를 받을 수 있을 거라고는 꿈에도 생각 못 했던지라, 최재철도 몇 번 눈을 깜박거릴 시간이 필요했다.

"별말씀을. 별로 살의가 느껴지는 공격도 아니었으니. 하긴 S급 15위의 랭커가 온 힘을 다했더라면 전 저항도 못 하고 죽어 있었겠죠."

오연화의 눈물로 젖은 손수건을 갈무리하며, 최재철은 미소 지으며 말했다. 그걸 본 오연화의 얼굴이 빨개지더니, 최재철의 손에서 손수건을 도로 빼앗아들었다.

"세탁해서 돌려 드릴게요."

"아, 네……."

사실 손수건을 가지고 가서 오연화의 눈물에다 분석 스킬을 걸어볼 생각이었던 최재철은 내심 아쉬워하면서도 순순히 손수건을 내주었다.

"괜찮은 탑 멤버를 영입해 오셨네요, 팀장님."

다시 꼼꼼히 눈물을 닦은 후, 오연화는 현오준에게 말했다.

"탑?"

"아, 연화 양의 분류입니다. 앞 선에 서는 어벤저를 탑이라고 분류하더군요. 저도 잘은 모릅니다만 학생들 사이에서 유행하는 게임에서 따온 모양이던데……."

"그, 그런 것까지 설명할 필요는 없잖아요!"

오연화는 당황해하며 손을 내저어 현오준의 말을 끊었다. 자신이 게임을 한다는 걸 들킨 게 부끄러운 모양이었다.

'아니, 자기가 먼저 게임 용어를 써놓고 그걸 부끄러워하다니.'

최재철은 어이없어 했지만, 현오준은 아무렇지도 않은 듯 부드럽게 이지희에게 시선을 돌리며 오연화에게 그녀를 소개해 주는 것으로 화제를 전환시켜 주었다.

"아아, 연화 양, 이쪽은 이지희 씨. B급 라이센스를 지닌 방전 능력자입니다."

"와, B급이라고요? 어떤 마술을 부려서 데려온 거예요?"

오연화는 눈을 반짝이며 이지희를 바라보았다. 지금까지 상황을 제대로 따라오지 못해 약간 멍하니 있던 이지희는 오연화의 시선에 다소 당황하며 고개를 숙였다.

"이지희입니다. 잘 부탁드립니다, 선배님."

"선배님!"

이지희의 입에서 나온 선배라는 말에 오연화의 눈동자가 두 배로 더 반짝이기 시작했다. 그러나 곧 헛기침을 하더니,

오연화는 어색한 미소와 함께 이렇게 말했다.

"저, 하지만 제가 훨씬 어린데 그냥 연화라고 불러주세요."

오연화가 말하는 걸 들어보니 첫 인상과는 달리 그럭저럭 상대할 만한 인격의 소유자인 것 같았다. 하기야 서로 당황해서 나눈 펀치의 교환이었다. 최재철은 속으로 오연화의 이미지를 살짝 상향 조정했다.

"업계 경력으로도 라이센스 급으로도 당연히 선배신데 제가 어떻게……."

오연화의 말에 이지희는 황송해하며 고개를 저었다. 연예계가 체육계하고 비슷하다더니, 이지희도 그런 수직 관계에 익숙해져 있는 모양이었다.

"굉장한 미녀!"

이지희의 말을 오연화는 그런 감탄사로 끊었다. 이제야 주목해서 이지희의 얼굴을 들여다 본 모양이었다.

"저기, 그 화장 어떻게 한 거예요? 언니라고 불러도 되요?"

어린애답다고 해야 될까, 아니면 단순히 원래 성격이 산만한 것일까. 오연화의 관심사는 벌써 바뀌어 있었다.

"저, 그런데 연화 양, 구문효 씨는 어디 가셨죠?"

이지희와 오연화의 사이를 조심스럽게 파고들어, 현오준은 오연화에게 그런 질문을 던졌다. 그런 현오준에게 오연화는 너무나도 간결한 대답을 돌려주었다.

"몰라요."

"아, 그렇군요."

"애초에 팀원 간의 연락은 팀장님이 맡으신 일 아닌가요?"

오연화는 뾰쪽한 반응을 보였다. 그걸 보며 최재철은 속으로 오연화의 이미지를 다시 약간 하향 조정했다. 어쨌든 그런 오연화의 말에도 여전히 부드러움을 잃지 않았다.

"맞습니다. 그럼 잠시 연락해 보도록 하죠."

현오준은 한 걸음 물러나더니 뒤로 돌아 휴대폰을 꺼내들었다. 아무래도 이런 대응에 이미 익숙해져 버린 모양이었다. 하기야 팀장이라고는 하지만 그는 A급, 오연화는 S급 랭커다. 이게 지구의 어벤저 사회에서는 당연한 걸지도 모른다.

"그런데 연화 씨, 구문효 씨라는 분은 어떤 분이시죠?"

최재철은 오연화에게 질문을 던졌다.

"바텀이에요."

"네?"

"아, 이게 아니라……."

오연화가 당황하는 걸 보니 또 무의식중에 게임 용어를 써 버린 모양이다.

"원딜… 이것도 아니지. 아, 뭐라고 그러지? 그거 있잖아요. 슈… 슈터?"

"아아, 궁병인 모양이군요."

"네, 그거. 아쳐죠."

왜 굳이 영어로 바꿔서 말했는지는 의문이었지만, 어쨌든 구문효라는 어벤저가 어떤 능력을 지녔는지는 대충이나마 파악할 수 있었다. 마법사의 기본 소양이라고 할 수 있는 마법 화살을 날려대는 능력을 주특기로 하는 차원 능력자인 모양이었다.

"그런데 재철 님."

최재철이 오연화의 그 부름에 반응하는 것은 아주 약간 늦었다.

"저요?"

"제가 재철 님이라고 부를 사람이 재철 님 말고 어디 있어요? 어… 아저씨라고 부를까요?"

"아뇨."

최재철은 곧장 고개를 저었다. 그의 실제 나이는 이미 30대를 훌쩍 넘긴지라 아저씨라고 불려도 억울해하면 안 되지만, 그래도 아저씨라고 불리고 싶지는 않은 게 그의 본심이었다.

"그럼 재철 님이라고 부를게요!"

오연화는 생글생글 웃으면서 말했다.

'뭐… 아저씨보단 낫지.'

재철 님이라는 호칭은 살짝 생소했지만, 최재철은 좋게 생각하기로 했다. 뭐 게임에서 별로 안 친한 상대의 이름에다

'님'을 붙여서 부르나 보다, 그 정도의 인식이었다. 참고로 그의 그런 추측은 그리 틀린 건 아니었다.

"아, 곧 구문효 씨도 이곳으로 올 겁니다. 그럼 팀원 전체가 갖춰지는 셈이 되죠."

마침 통화를 마친 현오준이 부드러운 미소를 띠며 말했다.

"드디어 저희 팀이 완성되었습니다."

"팀장님의 팀이겠죠."

"아뇨, 그건……."

오연화의 일침에 현오준은 다소 당황한 듯 웃었다. 그 웃음을 본 오연화의 목소리에 아까보다 조금 더 가시가 돋쳤다.

"드디어 그 차원 균열 내부 탐사라는 걸 할 수 있게 되서 좋겠네요. 어쨌든 저로서도 아무 일도 안 하고 돈만 받는 불편한 상황에서 벗어나서 다행이지만요."

"네, 제 오랜 꿈이 드디어 이뤄지는 순간입니다. 감격이로군요."

다소 비꼬는 기색이 있는 오연화의 말에도 현오준은 순수하게 감동한 듯 대답했다.

"차원 균열 안의 환경은 헬필드보다도 더욱 가혹합니다. 미군들이 몇 번이나 진입했지만 감당하지 못하고 전멸했을 정도이니까요. 헬필드 안과 똑같이 현대 화기가 전혀 효과를 발휘하지 못하는 것은 물론이고, 장비들조차 제 역할을 하지 못합니다. 전투복은 물론이고, 플라스틱 물통조차 차원 균열 안쪽에 진입하자마자 파손돼서 못 쓸 물건이 되고 말았다고 합니다."

그것은 김인수도 이계에서 겪은 고충이었다. 아직 마법사조차 되지 못했을 시절, 큰 맘 먹고 비싼 돈을 주고 산 머스킷 총포가 차원 균열 안에서 터져 버린 경험은 김인수의 머릿속에서 아직까지도 생생했다.

"차원 균열 안에서는 현대 화기와 장비를 활용하지 못하게 되니, 모든 상황에 맨몸으로 대응해야 합니다. 그것도 어보미네이션들이 덤벼오는 위험한 환경에서. 훈련받은 미군들조차 전멸할 정도니, 일반인에게는 도저히 무리입니다."

그러니 차원 능력자가 필요하다. 지구에서 말하는 어벤저가.

"필요한 능력을 갖춘 어벤저를 모으고 팀을 꾸리는 데만 꼬박 1년이 걸렸습니다만, 최재철 씨와 이지희 씨가 팀에 지원해 주셔서 드디어 본연의 임무가 가능한 팀의 구성을 완성시킬 수 있게 되었습니다. 정말로 감사드립니다."

현오준은 최재철과 이지희에게 공손히 허리를 숙였다. 현오준의 그런 인사에 이지희는 상당히 당황한 것 같았다.

"그, 그러지 마세요, 팀장님. 부담스러워요."

이지희의 말과 동시에 오연화가 픽 웃는 것이 보였다. 현오준도 머쓱하니 고개를 들었다.

그때쯤 사무실의 문이 노크도 없이 벌컥 열렸다. 들어온 이는 갓 20살이 된 걸로 보이는 젊은이였다. 아니, 더 어릴지도 몰랐다. 그는 오른손을 픽 올리고 이렇게 외쳤다.

"왔어요!"

오연화가 고개를 팩 돌리고 못 본 척하는 것이 보였다. 하지만 현오준은 반대로 그를 반겼다.

"구문효 씨, 왔군요!"

"오, 신입들 왔네? 전화로 말씀하신 그 신입들인가요?"

구문효는 현오준의 인사를 받는 둥 마는 둥 하며 최재철과 이지희 쪽으로 고개를 돌렸다. 그리고 최재철은 관심 없는지 슥 지나치더니, 이지희를 보곤 그 자리에 못 박혔다.

"예쁘다!"

심플하다면 심플한 반응이었다.

"저기, 팀장님. 무슨 더러운 수작을 부려서 저런 미인을 우리 팀에 끌어들인 겁니까? 솔직히 말씀하세요."

구문효 본인은 속닥거릴 셈으로 소리를 낮추고 한 말이었겠지만 다 들렸다. 최재철에게도 들릴 정도니, 이지희도 당연히 들었을 터였다. 오연화에게도 들렸는지 그녀는 미간을 꽉 찌푸렸다.

"저기요, 우리 언니한테 시비 걸지 마세요!"

"어, 언니? 아뇨, 저기. 별로 시비 걸 생각도 없었는데……."

아무래도 구문효는 오연화에게는 약한 모양인지 바로 쪼그라들었다. 그 틈을 놓치지 않고 현오준이 최재철에게 구문효의 소개를 했다.

"최재철 씨, 이쪽은 구문효 씨라고 합니다. 사격계 어벤저죠. 구문효 씨, 이쪽은 최재철 씨입니다. 신체 강화계 어벤저입니다."

"신체 강화계라, 랭크는 어떻게?"

"C급입니다만."

"C급! 전 B급입니다!"

구문효가 콧대를 높였다. 그러자 오연화가 바로 태클을 걸어왔다.

"저기요! 멋도 모르고 재철 님한테 시비 걸지 마세요!!"

"엥, 재철 님?! 어째서! 나한테는 이름도 안 불러주고 계속 '저기요'라고 부르면서 어째서!!"

조금 전과는 달리 구문효는 흥분했다. 그러나 그 분노의 대상은 오연화가 아니었다.

"결투다! 무슨 수작을 부려서 연화 씨에게 님까지 붙여서 이름을 불리는 영광을 얻었는지 모르지만, 나도 당신을 이겨서 문효 님이라고 불리고 말겠어!"

구문효는 최재철에게 삿대질을 하며 외쳤다. 뭔가 결투 신청의 이유가 이상하긴 했지만, 어쨌든 최재철은 크게 기꺼워하며 고개를 끄덕였다.

"결투, 좋죠. 서로의 능력을 파악하기에 그보다 더 좋은 방법도 드무니까."

게다가 상대가 B급이라면 조금 전과는 달리 마음 놓고 밟아줄 수 있다. 최재철의 그런 계산으로 인해, 그와 구문효의 결투가 성사되었다.

*　　　*　　　*

아무리 그래도 사무실에서 결투를 벌이는 건 별로 좋지 않다는 현오준의 의견에 따라, 그의 팀 전원은 어벤저 전용 지하 훈련실로 자리를 옮겼다.

"아니, 왜 아무도 안 말리죠? 댁도 그래! 보통 C급이 B급 결투를 받아?"

먼저 결투를 신청한 주제에 구문효는 그런 소릴 했다. 최재철은 그런 구문효의 말을 들은 척도 하지 않고, 현오준에게 말했다.

"팀장님, 시작 신호를 부탁드려도 될까요?"

"시작!"

다소 갑작스러운 신호였지만, 최재철은 즉시 반응했다.

"어, 어!"

아주 약간 늦게 반응한 구문효가 놀라 빛의 화살을 쏘아대었다. 최재철은 그 화살을 쉽게 피했다. 그러자 화살들은 궤적을 바꾸어 최재철을 쫓아왔다.

"역시 B급!"

최재철은 흥이 돋아 외치며 그 화살을 주먹으로 쳐서 지워버렸다.

"뭐야, 왜 신났어?!"

구문효는 어이없어 하며 빛의 화살을 두 발 더 쐈다. 최재철은 위빙으로 정면의 화살을 피해 버리고, 곧장 구문효를 향해 돌진했다.

"와아!"

구문효는 놀라 외쳤다. 그와 동시에 등 뒤의 화살들이 발하던 기적이 사라져 버렸다. 역시 유도에는 집중이 필요한 모양이었다. 최재철은 구문효를 향해 주먹을 뻗었다.

다음 순간, 구문효의 모습이 빛에 싸여 사라졌다.

'점멸!'

구문효가 점멸, 즉 순간 탈출 능력을 사용했음을 간파한 최재철은 즉시 반응해 고개를 돌렸다. 8m 좌전방에 그를 향해 손가락을 뻗은 구문효가 있었다.

"하아아압!"

구문효는 기합성을 외쳤다. 그러자 그의 손끝에서 지금까지
와는 비교도 안 되는 커다란 빛의 칼날이 뻗어 나와 최재철을
노리고 날아들었다.

"훌륭하군!"

최재철은 구문효를 칭찬하며 좌측으로 크게 뛰어 빛의 칼
날을 피했다. 그 회피 기동을 예측이라도 한 듯, 구문효는 다
음 빛의 화살을 정확하게 노려 쏘았다.

팡!

최재철은 그 화살을 주먹으로 쳐 날리고 다시 구문효에게
접근했다. 놀라 눈을 크게 뜬 구문효의 얼굴이 급격히 가까워
졌다.

"크으으윽!"

자신의 턱 밑에서 멈춘 최재철의 주먹을 바라보며, 구문효
는 식은땀을 흘렸다.

"뭐야, 뭐예요? 정말로 C급? 말도 안 되잖아?"

"계속할까?"

"아뇨! 졌어요!!"

구문효는 시원스럽게 패배를 인정했다. 최재철은 만족하고
주먹을 거두며 넥타이를 다시 다듬어 매었다. 그리고 활짝 웃
는 얼굴로 구문효에게 손을 내밀며 말했다.

"훌륭한 기량입니다. 같은 팀이 되어 영광스럽군요."

실제로 훌륭한 기량이었다. 보통 사격계 능력자는 자신의 공격으로 적을 죽이는 것만 생각한다. 덤벼들기 전에 죽여 버리면 방어할 필요가 없으니, 괜찮은 생각이기는 했다.

하지만 세상이 생각한 대로 돌아가는 건 아니다. 예를 들어 먼저 공격당한다거나, 적이 자신의 공격에 버틴다거나 하는 일이 일어났을 때 거기에 대항할 능력을 갖추지 않으면 그냥 죽는다. 죽어버리면 끝이다.

그런 점에서 구문효는 그 질문에 대한 두 가지 대답을 내놓았다.

먼저 점멸. 자신의 몸을 빛으로 바꾸어 순간적으로 멀리 이동하는 능력. 그리고 거기에 더해서 강력한 빛의 칼날을 발사하는 능력.

먼저 공격당하면 그걸 피하고 전력을 다한 일격을 날려 반격의 기회를 주지 않는다. 사격계 능력자로서 내놓을 수 있는 최선의 정답이었다.

그리고 그 정답을 내놓는 것에서 그치지 않고, 실제로 그 능력들을 갖추어놓았다는 점에서 이 구문효라는 남자가 지능과 재능, 그리고 근면성 모두 갖춘 훌륭한 인재라는 것을 알 수 있었다. 이런 훌륭한 인재 앞에서 어찌 훌륭하다는 칭찬을 아낄까!

얼굴을 활짝 핀 최재철의 칭찬에 구문효는 다시 얼빠진 표정을 지었다. 최재철이 내민 손을 맞잡아 악수하며 그는 말했다.

"제가 선배인데다 B급인데 왜 칭찬을 받아야 하죠?! 하지만 영광입니다!"

생각해 보니 구문효의 말이 맞아서 최재철은 머쓱하니 웃었다. 상아탑에서 다른 마법사들을 가르치던 버릇이 나오고 말았다. 어쨌든 사용한 능력은 최재철로서 발휘할 수 있는 능력뿐이었으니 이쪽으로는 문제가 없었지만, 태도는 고칠 필요가 있으리라.

"저기, 형이라고 불러도 돼요? 딱 봐도 저보다 나이 많아보이시는데."

구문효의 입에서 의외의 말이 나왔다.

젊은 나이에 입지와 능력 모두를 갖춘 이의 입에서 나오기 어려운 말이었다. 보통 이런 타입은 자존심이 강해서 고개를 굽히기 힘들어하는데 말이다. 그만큼 최재철을 높이 평가한 것이라고 생각해도 되긴 하겠지만, 구문효라는 남자의 인성을 엿볼 수 있는 면이기도 했다.

'그냥 오연화에게 밟혀 살아서 그런 거 같기도 하지만.'

그런 누가 들어도 화낼 만한 생각은 생각만으로 접어두면서, 그런 구문효의 태도를 높이 사서 최재철은 한 번 겸양했다.

"아니, 그래도 제가 후배인데……."

그랬더니 나오는 말이 이거였다.

"에이, 그래도 형은 형이죠."

이런 대화를 아까 했던 것 같다 싶더니만, 이지희와 오연화가 했던 대화를 그대로 하고 있다는 걸 최재철은 뒤늦게 깨달았다.

"팀장님, 괜찮겠습니까? 팀 내 상하 관계가 흐트러질 수도 있는 거 아닙니까?"

현오준에게 그렇게 물었더니, 그는 부드러운 미소와 함께 이렇게 대답했다.

"괜찮습니다. 저도 나이만 좀 더 적었으면 최재철 씨를 형님으로 섬기고 싶을 정도니까."

"그건 또 무슨……."

"역시 최재철 씨의 어벤저 스킬 숙련도는 굉장하군요. 실례가 안 된다면 어디서 익히셨는지 묻고 싶을 정도입니다."

최재철을 바라보는 현오준의 눈빛이 반짝반짝 빛나고 있는 것 같았다. 마치 이지희가 최재철을 스승으로 섬기겠다고 말할 때의 눈빛 같았다.

"그냥 정신 차리고 보니 이렇게 할 수 있게 된 겁니다. 저도 잘 몰라요."

최재철은 다소 당황하면서 그렇게 둘러대었다. 아주 거짓말은 아니었다. 반쯤은 사실이 아니긴 했지만 말이다.

"어떤 식으로든 최재철 씨가 저희 팀에 손색없는 존재라는 걸 다른 팀원들에게도 알릴 수 있었던 좋은 기회가 된 것 같아 기쁩니다. 보통 어벤저들은 랭크로 서로를 평가하는 경우가 많아서 골치 아프거든요."

"아, 결투를 방치한 건 그런 이유였어요? 팀장님도 참."

구문효가 쓴웃음을 흘렸다.

"저로서도 좋은 기회였다고 생각합니다."

최재철은 고개를 끄덕이며 말했다. 실제로 이번 결투는 그에게도 좋은 기회였다. 구문효가 꽤나 쓸 만한 슈터라는 걸 알게 되었으니 말이다.

'꼭 내 사람으로 만들고 싶은걸.'

그런 욕심이 날 정도는 되었다. 물론 앞으로 그가 더 성장한다는 전제하에서 말이지만, 최재철은 그를 성장시킬 자신이 있었다. 센스도 좋고 재능도 있다. 적어도 평범한 차원 능력자를 넘어서서 다재다능한 마법사가 될 가능성은 갖고 있다고 보았다.

"어쨌든 그럼 형이라고 불러도 되는 거죠? 형!"

"그래, 그럼 그렇게 해라."

최재철은 바로 말을 놓았다. 어쨌든 자기 사람으로 만들기 위해서는 조금이라도 친해질 필요가 있으니, 말투부터 바꾸는 것도 나쁘지 않았다. 그것도 상대가 먼저 요청한 거니 더욱 괜찮았다.

"저도요, 스승님!"

이지희가 뭔가 열망을 담은 시선으로 최재철을 바라보며 말했다.

"저한테도 반말 써주세요! 부탁이에요!!"

부탁이라고까지 하는데 딱 잘라 거절하기엔 뭔가 좀 꺼려졌다. 최재철은 다소 당황하면서도 이지희의 부탁에 고개를 끄덕였다.

"그, 그래."

"스승님?"

오연화가 이지희를 멀뚱히 바라보며 그렇게 물었다.

"언니랑 재철 님, 무슨 사이예요?"

"스승과 제자 사이예요."

이지희가 오연화에게 대답했다. 뭔가 좀 자랑하는 것 같은 목소리로. 흐응, 하고 오연화는 좀 생각하더니, 스승이니 뭐니 하는 건에 대해서는 이미 흥미를 잃은 듯 화제를 바꾸었다.

"언니도 저한테 그냥 말 놓으세요."

"선배님이 제게 먼저 말을 놓으시면요."

"아, 그건 부담스러운데."

"저도 부담스러워요."

이상한 걸 가지고 다투기 시작하는 두 여성진 뒤에서, 현오준이 외로운 듯 중얼거렸다.

"저도 최재철 씨를 형님으로 모시는 게 나을까요?"

"아뇨."

최재철은 딱 잘라 고개를 저었다. 그러자 현오준은 아쉬운 듯 웃었다.

"싫으시다면 어쩔 수 없군요."

아무래도 이 남자 특유의 농담이었던 것 같다. 별로 진담처럼 들리지는 않았으니 말이다.

농담은 여기까지라는 듯 표정을 바꾸고 목소리를 가다듬은 현오준은 다시 입을 열었다.

"어쨌든… 이제 두 분은 정식으로 저희 팀에 편입되셨으니, 인사과에서 근로 계약서를 작성하십시오. 기본적인 정보는 모두 전달해 두었으므로 별문제 없이 계약이 진행될 겁니다."

그러고 보니 그가 11년 전에 다녔던 중소기업에서는 근로 계약서 같은 건 보여주지도 않았다. 원래 작성을 안 하는 거라나, 뭐라나. 처음 입사할 때는 분명 정규직으로 모집했지만, 정작 면접을 받고 나니 비정규직이 되어 있었고 첫 월급은 인턴 사원에 준해서 받았다.

'생각해 보니 열 받네. 거기도 가서 뒤엎어놓고 올까?'

그런 충동이 잠깐 들었지만, 최재철에게는 먼저 처리해야 할 우선순위가 있었다. 그리고 이렇게 정규직 사원으로 등록되는 것도 그 최우선 사항과 연결되는 조건이기도 했고 말이다.

진가규에의 완전무결한 복수. 그 조건에는 김인수 본인의 성공과 행복도 포함되어 있었다.

고작 10년 전의, 그것도 지금 이 순간까지 잊고 있었던 사소한 원한을 되갚느라 시간을 낭비하고 위험을 부담할 생각은 없었다. 성공만 하면 나중에라도 얼마든지, 완전히 리스크를 배제하고도 행할 수 있는 복수다.

"그럼 지금 바로 인사과에 가면 됩니까?"

"네, 이지희 씨도 함께 가시죠. 인사과는 10층입니다."

그렇게 최재철과 이지희는 둘이 함께 체육관을 나왔다.

"저기, 스승님."

체육관의 문을 닫자마자, 이지희가 나지막한 목소리로 최재철에게 말을 걸었다.

"오늘 퇴근 후에 시간 있으세요?"

"오늘 몇 시 퇴근이냐에 따라 다르지 않을까? 어쩌면 입사 기념 회식을 열지도 모르겠고."

설마 첫 날부터 야근을 시키기야 하겠냐만, 최재철은 일단 그렇게 대답했다.

혹시나 했던 일이 실제로 일어나 버리는 것이 현실이다. 아

무리 팀장으로부터 환영을 받았다고는 한들 말단 사원 입장
에서 야근이 없을 거라고 단정을 지을 수는 없었다.

그리고 현오준의 성격상, 회식을 할 가능성은 상당히 높아
보였다.

"그런데 무슨 일이지?"

"아, 그냥요. 별거 아니에요."

어째 좀 급하게 이야기를 얼버무리는 게 마음에 걸렸지만,
최재철은 일단 고개를 끄덕이고 말았다.

"이미 결정된 일이긴 하지만, 정말로 괜찮겠어? 차원 균열
탐사라는 건 확실히 위험한데."

"뭐, 말씀드렸다시피 전 책임질 가족도 친구도 없으니까요.
게다가 가능하면 스승님과 함께 있는 게 저한테도 더 도움이
될 거구요."

"도움? 아아, 가르침 말인가."

"네."

이지희는 두 번씩이나 고개를 끄덕여가며 대답했다.

"뭐 지희 씨는 B급 어벤저이고, 지금은 경험이 부족한 것일
뿐이니 나를 금방 넘어설 거야. 내가 가르침을 받을 날도 머
지않았을걸."

최재철은 가벼운 말투로 그렇게 말했다. 그러자 그 말을 들
은 이지희의 얼굴이 진지해졌다.

"저기, 스승님."

"어?"

갑작스럽게 진지한 목소리로 부르니 최재철의 입장에서도 약간 긴장이 되었다. 이지희의 긴장이 그에게도 전염된 것이리라.

"저, 저……."

"뭐야, 얼른 말해."

"지희 씨 말고 그냥 지희라고 불러주시면 안 될까요?!"

심호흡까지 하고 한다는 말이 이거니, 최재철의 입장에서는 맥이 빠질 법도 했다.

"그렇게 할게."

"아… 네!"

이지희는 활짝 웃으며 대답했다. 뭐가 그리 좋은지 최재철의 입장에서는 잘 이해가 되질 않았다. 그는 헛웃음을 지으며 걸음을 서둘렀다.

"자아, 얼른 가자고."

"네, 스승님!"

*　　　*　　　*

최재철은 정규직으로 계약한 근로 계약서를 교부받았다. 어쩌면 당연히 받아야 하는 이 권리에 최재철은 감격에 가까운 감정을 맛보았다. 그전 회사에서는 못 받은 것 중 하나이니 말이다.

먼저 연봉은 2억 2천만 원. 그가 비정규직의 입장에서 전전 긍긍하며 살던 시절과 비교하면 말도 안 되는 높은 수준의 연봉이었다. 여기에 임무에 참가할 때마다 생명 수당과 임무의 공헌도에 따른 추가 수당이 붙는다.

괜히 다들 어벤저가 되고 싶어 하는 게 아니라는 걸 알 수 있을 정도로 괜찮은 조건이었다.

그렇다 하더라도 진씨 일가와 맞서 싸워야 하는 김인수의 기준으로는 아직도 갈 길이 멀었다.

돈의 문제는 아니다. 그는 지금 환금성이 있는 보석류와 귀금속류를 산더미처럼 갖고 있으니까. 진짜 문제는 최재철이었다. 김인수에게는 최재철이라는 인물이 그런 보물을 가질 수 있는 당위성이 필요했다.

월세도 제대로 못 내던 하류 인생이 어벤저로 각성해서 대기업에 취직한 것까지는 좋은데, 그 많은 귀금속과 보석류, 그리고 일부는 지구에는 존재조차 하지 않는 물질들을 어디서 가져왔느냐는 질문에는 아직 대답하기가 힘들다.

그래서 필요한 게 차원 균열 너머로의 탐사다. 차원 균열 너머에서 가져왔습니다, 라고 말하면 그걸로 끝이니까. 실제로 그가 지구에 가져온 보석류, 귀금속류, 희토류는 전부 차원 균열에서 얻은 것들이다.

그렇다고 첫 임무를 다녀왔다고 룰루랄라 대량의 보석을 전부 팔아치울 수는 없다. 그는 일개 팀원이고, 차원 균열 내부의 물질에 대해서는 그렇게 많은 배당을 주장할 수 없다. 그러니 한 번 다녀올 때마다 조금씩 처분하는 게 기껏일 터였다.

결국 임무에 열심히 참가해야 하고, 임무마다 높은 성과를 올려서 추가 수당을 노리면서 사내에서의 입지를 넓혀가야 한다. 경험을 쌓는 척을 하며 어벤저 랭크도 슬금슬금 올려가서 차후에는 팀장 자리까지 기어 올라가야 한다.

물론 이건 단지 보석을 환전하기 위한 수단일 뿐이 아니라, 그가 지구에서의 영향력을 높이기 위해 필요한 단계이기도 했다. 이계에서야 '어스름'의 주인이자 '상아탑'의 교장이지만, 지구에서는 아직 일개 어벤저일 뿐이니까.

'가야 할 길이 멀군.'

팀장까지 기어 올라가더라도 그가 달성해야 할 목표에는 크게 미치지 못한다. TA의 팀장이 WF의 회장과 다퉈서 이길 수 있을 리 만무하니 말이다. 물론 단순히 힘으로 눌러 이기는 건 가능할지 모르지만, 김인수의 목적은 그게 아니다.

모든 면에서 진가규를 압도하여 처치한다는 당초의 목표를 생각하면, 정규직 근로 계약서에 기뻐했던 것이 바보처럼 느껴질 정도였다.

'아니, 너무 나쁘게만 생각하지 말자.'

다시 생각하면 첫 번째 목표는 달성한 셈이다. 더군다나 오늘만 꽤 괜찮은 인재를 둘이나 더 발견했다. 오연화와 구문효, 그들이 김인수의 사람이 되어줄지는 조금 더 봐야겠지만, 끌어들일 수만 있다면 그에게 큰 힘이 되어줄 터였다.

어쨌든 처음 서울에 돌아와서 뭘 어떻게 해야 할지도 잘 몰랐던 때에 비하면 상당히 상황이 나아졌다. 10년 전, 차원 균열 안으로 던져졌을 때에 비하면 더 말할 것도 없다.

근로 계약서를 잘 갈무리한 후, 그는 다시금 결의를 다졌다.

*　　　*　　　*

진현우는 눈을 떴다.

잘그락거리는 금속음이 귀에 거슬렸다. 더 자고 싶은데, 그 소리 때문에 깼다. 깨자마자 머리가 엄청나게 지끈거린다는 걸 자각했다.

"아… 으……!"

그가 낸 신음 소리에, 잘그락거리는 소리가 순간 멈췄다.

"오, 깼군."

목소리가 들렸다. 사람 목소리였다. 그는 목소리가 들린 방향으로 고개를 돌리려고 했다. 그제야 그는 자신의 머리가 뭔가로 단단히 고정되어 있다는 것을 알게 되었다. 머리뿐만이 아니었다. 입에는 재갈이 물려 있었다. 손과 발도 단단히 묶여 있었다.

"내 말을 알아듣겠나? 알아들을 수 있다면 눈을 깜박거려 보게."

뭐라고 그러는지 알아들을 수가 없었다. 그는 구속에서 벗어나기 위해 몸부림을 쳐보았지만 헛수고였다.

"역시 언어 회로도 망가졌군. 이거 처음부터 다시 깔아야겠는데."

그 말과 함께 뒷목에 뭔가가 지지직하고 지나갔다. 눈앞이 번쩍했다.

진현우는 기절했다.

*　　　　*　　　　*

기절해 버린 진현우의 머리맡에 그림자가 드리워졌다.

"정말로 죽은 사람을 살릴 수 있다니……."

왼쪽 그림자가 놀라운 듯 말했다.

"아니, 죽은 사람은 못 살려."

오른쪽 그림자가 냉소적으로 대꾸했다.

"그럼 이건 뭐죠?"

"죽은 사람과 똑같이 생긴 또 다른 생명체지."

왼쪽 그림자의 힐문에 오른쪽 그림자는 코웃음을 쳤다.

"그냥 생전의 모습을 모방한 단백질 인형 같은 존재라고 할까. 우리 갑님께서는 그래도 상관없는 모양이니, 뭐 내가 상관할 건 아니지만 말이야."

오른쪽 그림자가 기지개를 켰다.

"그런데 이 사람을 되살리는 데 제물이 다섯 마리 들어갔다고 했죠?"

"응? 어, 그래. 되살린 건 아니지만 들어간 제물은 다섯 마리 맞아."

"그 제물이라는 게 뭐죠?"

"빚쟁이."

오른쪽 그림자의 대답에 왼쪽 그림자는 잠시 굳어졌다.

"…네?"

자신의 말에 왼쪽 그림자가 충격을 받은 게 재밌기라도 한 듯, 오른쪽 그림자의 목소리에 웃음기가 섞였다.

"빚쟁이라고. 혹시 뜻을 모르나? 빚을 진 사람을 뜻해. 한자로는 채무자지."

"자, 잠깐……. 지금 사람이라고 하셨어요?"

"내가 그랬나?"

"그러셨어요!"

딴청을 피우는 오른쪽 그림자의 말투에 놀림당하고 있다는 걸 자각이라도 한 듯, 왼쪽 그림자의 목소리는 아까보다 약간 격해졌다. 그 반응에 그만 놀려야겠다는 생각이라도 든 건지 오른쪽 그림자의 목소리가 조금은 진지해졌다.

"왜 이렇게 따지고 들어. 다 합의가 된 사항이야."

"합의, 라니……."

"빚을 없애주는 조건으로 자기 생명과 몸을 마음대로 쓰라는 계약서에 서명한 사람들이지. 사실 이런 계약을 맺는 건 불법이지만, 세상이 법대로 돌아가는 것만은 아니더라고."

"……."

침묵해 버린 왼쪽 그림자의 반응이 기꺼웠는지 오른쪽 그림자가 여유를 되찾았다.

"뭐야, 갑자기 왜 입을 닥쳐? 우리 일이 이런 건 줄 몰랐나? 몰랐다는 말은 하지 마. 몰랐을 리가 없어. 그렇지?"

오른쪽 그림자는 왼쪽 그림자에게 대답을 종용했지만, 왼쪽 그림자는 여전히 미동도 하지 않았다. 오른쪽 그림자는 혀를 한 번 찼다.

"자아, 어쨌든 일이나 하자고. 열심히 일해서 빚을 갚아야 할 거 아니냐?"

"…그건 그렇네요. 이런 걸 만드는 재료가 되고 싶지는 않아요."

"그렇지? 나도 그래."

오른쪽 그림자는 재미있는 농담이라도 들은 듯 푸흐훗 웃었다.

9장

훈련(1)

점심 식사는 팀원들이 모여 다 같이 했다. 회사 건물 안에 위치한 구내식당을 이용했는데, 급식 방식은 구내식당 주제에 뷔페였다.

최재철이 점심 식사용으로 고른 메뉴는 스크램블 에그와 치킨 샐러드, 그리고 밥이었다. 말 그대로 먹고 싶은 것만 올렸더니 이렇게 되었다.

"매일 이렇게 먹으면 살이 찌고 말텐데……"

함박 스테이크에 눈동자를 반짝이면서 입으로는 그런 혼잣말을 중얼거린 건 다름 아닌 이지희였다. 그 말이 끝나기도 진에 번개 같은 손길로 비프 스테이크도 한 접시도 낚아채는 걸 최재철은 굳이 못 본 척했다.

오연화는 이지희와 완전히 반대였다. 단백질이라고는 훈제 연어가 전부에 양배추 샐러드를 한 접시 올렸다. 그리고 사과 한 알. 그것으로 끝이었다.

드레싱도 뿌리지 않은 양배추 샐러드를 작은 입으로 오물 오물 열심히 먹고 있던 오연화는 최재철의 시선에 입을 가리 며 얼굴을 붉혔다.

뭐, 그거야 어쨌든.

현오준은 식사를 마친 후에는 바로 실전 훈련에 들어갈 셈 인 듯했다.

"오늘 팀을 결성한 건데 너무 이른 거 아닌가요?"

구문효가 베이컨 롤을 포크로 찍으며 귀찮은 듯 말했다.

"그렇다고 뒤로 미룰 이유도 없으니까요."

된장국에 든 두부를 숟가락으로 뜨며 현오준이 대답했다.

"팀장님의 뜻에 따르도록 하죠."

최재철은 입안에 든 스크램블 에그를 삼키고 말했다.

그의 입장에서도 오늘 훈련은 대단히 기꺼웠다. 이 팀의 장 래성을 확인할 수 있는 좋은 계기가 될 터였다.

다른 팀으로 치면 임무에 해당하는 걸 훈련으로 해치운다 는 점에서 현오준의 팀이 맡은 임무가 얼마나 위험한지 반증

했다.

오늘 훈련조차 제대로 해내지 못한다면 차원 균열 너머는 언감생심, 오늘 바로 팀을 해체하는 게 낫다.

"그럼 저도⋯⋯."

최재철의 말에 이지희가 조심스럽게 손을 들며 동의를 표했다. 그걸 본 오연화가 생긋 웃으며 귀엽게 말했다.

"만장일치네요."

"어? 나는?"

구문효가 어리둥절해했지만 오연화는 그를 외면했다.

"만장일치 맞아요! 저도 찬성! 찬성입니다."

그러자 구문효는 얼른 그렇게 덧붙였다. 그런 구문효의 대답에 현오준은 고개를 끄덕이며 말했다.

"감사합니다. 그럼 식사를 마치고 바로 헬기를 예약하도록 하죠. 사실 이미 예약했지만요."

*   *   *

현오준 팀이 도착한 곳은 홍대가 위치해 있었던 와우산 정상 부근이었다.

이곳은 TA가 관리하는 차원 균열으로, 열린 지 얼마 되지 않아 헬필드가 그리 넓지 않은 대신, 어보미네이션이 자주 기어 나오는 요주의 지역이었다.

가까운 곳에 군부대가 위치해 있어 그곳에 화력지원을 요청한 현오준 팀은 바로 실전 훈련에 돌입했다.

"자아, 그럼. 최재철 씨, 디코이 역할을 맡아주시겠습니까?"

"알겠습니다."

디코이는 차원 균열에서 어보미네이션을 끌어내는 가장 위험도가 높은 역할이었지만, 최재철은 두말할 것도 없이 승낙했다. 최재철에게는 별로 위험하지도 않을뿐더러, 최재철도 별무리 없이 수행할 수 있는 역할이었다.

"구문효 씨가 주 화력 담당에, 제가 서포트 역할을 맡겠습니다. 오연화 씨는 보조 화력을 담당해 주시고, 이지희 씨는 일단 대기해 주십시오."

"저, 저도 할 수 있어요."

차원 균열 가까이에 처음 와보는 이지희는 차원 균열이 발하는 특유의 차원력에 다소 압도당한 듯 보였다. 그녀의 얼굴이 새파랗게 질렸음에도 불구하고 의욕을 보이는 건 기특했지만 이건 훈련이고 무리할 필요는 없었다.

"아뇨, 대기하십시오."

최재철이 고개를 젓고, 현오준이 다소 강한 어조로 명령하자 이지희도 뜻을 꺾었다.

"오늘의 목표는 평소와 달리 화력지원 없이 끌어낸 모든 어보미네이션을 처치하는 것입니다. 차원 균열 안에서는 화력 지원을 전혀 기대할 수 없으니 이 정도는 당연히 해내야 합니다."

"아, 몇 번째 말씀하시는 거예요."

현오준의 브리핑에 구문효는 헛웃음을 지으며 자신만만하게 말했다.

"문제없어요."

"시작하겠습니다."

구문효의 말을 받아 최재철이 신호하자 현오준이 고개를 끄덕였다.

훈련 시작이다.

최재철은 면접 때와 똑같이 차원 균열을 향해 저벅저벅 걸어갔다. 그 모습을 이미 봤었던 현오준과 그 행동의 의미를 모르는 이지희는 반응하지 않았지만, 구문효와 오연화는 화들짝 놀랐다.

하지만 그들 모두는 이미 헬필드 안으로 들어와 있었기 때문에 큰 소리는 내지 못했다.

과연 어보미네이션이 자주 기어 나온다는 와우산 차원 균열답게, 처음부터 두 마리의 리자드독이 쿵쿵거리며 기어 나왔다. 최재철의 모습을 눈으로 확인한 최하급 어보미네이션들이 컹컹 짖으며 그를 향해 덮쳐들었다.

"큭······!"

구문효가 이를 갈면서 뛰쳐나오려고 했지만, 현오준이 시선
으로 자제시켰다. 구문효는 영문을 모르면서도 얌전히 후방으
로 물러났다.

걸음을 멈춘 채 충분히 자신의 범위 안으로 어보미네이션
들을 끌어들인 최재철이 먼저 덤벼든 리자드독의 몸을 반으
로 갈랐다. 리자드독은 즉사했다.

물론 그것으로 끝난 건 아니다. 최재철은 뒷발로 즉사한 리
자드독의 시체를 후방으로 차버렸다. 되살아나 재생을 시작한
리자드독에게 구문효가 쏜 빛의 화살이 꽂혔다.

최재철은 자신의 등 뒤에서 일어나는 일에 신경을 쓰지 않
고, 뒤이어 그를 덮치려 드는 리자드독의 턱을 주먹으로 쳐올
렸다.

"깽!"

리자드독이 단말마의 비명을 토해내었다. 그도 그럴 만했
다. 최재철이 쳐올린 주먹의 위력이 어찌나 강한지, 그 거체
가 허공으로 치솟아 올랐다. 턱이 박살났음은 당연하고, 뇌
까지 충격이 전달되어 곤죽이 되었을 터였다. 즉, 이미 한 번
죽었다.

그 리자드독에 대해서는 흥미를 잃고, 최재철은 다시 차원
균열을 향해 저벅저벅 걷기 시작했다. 방금 전에 죽은 리자드

독이 지른 단말마의 비명을 듣기라도 한 건지, 세 마리나 되는 또 다른 리자드독들이 컹컹거리며 달려오기 시작했다.

일격씩 먹이는 것으로 충분했다. 주먹으로 머리를 내려쳐 깨버리고, 손날을 뻗어 목을 잘라 버리고, 달려드는 놈을 붙잡아 땅에다 메다꽂았다.

"한 번에 너무 많이 끌어냈나. 구문효, 괜찮겠어?"

최재철이 뒤를 돌아보며 구문효에게 물었다. 최재철이 처리한 리자드독들을 조준해 빛의 화살들을 날리느라 구문효는 즉시 대답하지는 못했다. 오연화가 대신 대답했다.

"재철 님! 뒤요!!"

대답이라기보다는 비명과도 같은 그 외침에도 최재철은 뒤를 돌아보지 않았다. 이미 알고 있었다. 주머니에 손을 꽂은 채, 그는 발만 뻗었다. 빠악! 시원스러운 파공음과 함께 집채만 한 크로코리언이 허공을 날았다.

"…아, 아뇨. 아무것도 아니에요."

오연화는 날아올라 가는 크로코리언의 모습을 멍하니 바라보며 손을 내저었다.

"……?"

마침 지면으로 낙하하면서 다시 살아난 크로코리언에게 내려 차기를 꽂아 넣으며 최재철은 고개를 갸웃거렸다. 그의 발밑에서 크로코리언은 다시 한 번 죽었다.

어보미네이션은 신기한 존재이다. 어떤 방식으로 죽어도 두 번은 되살아난다. 온몸을 채를 쳐놔도 원래 상태로 돌아와 살아나고야 마니, 차라리 깔끔하게 죽이는 게 힘이 덜 든다.

"후."

그의 발밑에서 다시 살아나기 시작한 크로코리언의 목을 밟아 목뼈를 부러뜨려 완전히 죽인 그는 짧게 숨을 내뱉었다.

"혼자서 죽여 버리면 훈련이 안 됩니다, 최재철 씨."

현오준은 최재철이 보여준 퍼포먼스에 놀라기는커녕, 그런 지적을 던져왔다.

"아, 죄송합니다, 팀장님."

최재철은 사과했다.

"그럼 몇 마리 더 끌어내죠."

"부탁드립니다."

현오준의 부탁을 받은 최재철은 다시 차원 균열을 향해 저벅저벅 걷기 시작했다. 빛의 화살로 리자드독을 간신히 두 번씩 더 죽여 처리한 구문효가 얼빠진 표정으로 최재철과 현오준을 번갈아가며 보고 있었다.

*   *   *

"헉, 헉, 흐윽, 후우······!"

거친 숨을 몰아 내쉬는 구문효를 보고, 최재철은 발걸음을 멈췄다.

"이쯤해서 한번 쉴까요?"

현오준의 말에 최재철이 고개를 끄덕였다. 구문효는 손을 들어보였지만 말을 하지는 못했다. 그도 그럴 만했다. 그는 불과 1시간 사이에 20마리가 넘는 리자드독과 10마리 가까운 크로코리언의 숨통을 끊어놓았다.

참고로 보조 화력 담당인 오연화는 전혀 손을 쓰지 않았다. 이상한 일은 아니다. 그녀는 필요할 때에 S급 랭커답게 화력을 뿜어 상황을 정리하는 역할이었다. 하지만 이번 훈련 동안 위험한 상황은 한 번도 일어나지 않았다. 그러니 자연스레 그녀가 할 일도 없어졌다.

어쨌든 휴식을 취하기로 결정이 났으므로, 최재철은 저벅저벅 걸어 헬필드에서 나왔다.

"아니, 형, C급이라는 사람이 지치지도 않아요?"

"너하고는 달리 몸을 쓰니까."

최재철의 변명 같지 않은 변명에 구문효는 멍하니 몇 초간 그를 바라보다가, 어이없는 듯 이렇게 되물었다.

"···보통 반대 아니에요?"

"아니, 몸을 쓰는 게 어벤저 스킬을 쓰는 것보다는 당연히 덜 지치지."

"어라, 그건 그러네. 그렇게 말씀하시니까 갑자기 이해가 확
되네요."

구문효는 고개를 끄덕거리기 시작했다.

"그래도 이 정도로 지치면 곤란한데, 차원 균열 안까지 들
어갈 거면……. 조금 더 화력을 필요한 만큼만 사용하는 걸
의식하면서 해보는 게 어때?"

"필요한 만큼이요?"

구문효는 눈을 깜박거리며 되물었다. 최재철의 말이 의외였
던 모양이었다. 최재철은 조금 더 쉽게 설명을 해줄 필요를 느
꼈다.

"화살을 난사하지 말고, 리자드독의 경우에는 미간에만 한
발 꽂으면 충분하니까. 물론 지금 쏘는 거보다는 위력을 약간
올리는 게 좋겠지."

"아, 확실히."

이해가 빠르다. 구문효는 좋은 학생이었다. 최재철의 입가
에 미소가 자연스레 깃들었지만, 그는 손을 들어 입가를 가리
고 미소를 숨겼다.

아무리 구문효가 형이라고 부르라고 했다지만 그는 최재철
의 선배였다. 그를 보며 귀엽다는 듯 흐뭇하게 웃어서 좋을 일
이 없었다.

"한 마리 사냥할 때마다 한 발씩만 덜 쏘도록 의식하면서 움직여 봐. 지금까지보다는 훨씬 덜 지칠 거야."

어쨌든 귀여운 학생에게 도움이 될 만한 이야기를 더해주고 싶어서, 최재철은 구문효에게 그런 말을 덧붙여 주었다.

"알았어요. 어, 근데 형, 마치 이 능력을 사용해 보신 것처럼 말씀하시네요?"

"뭐… 일반론이야."

최재철은 그렇게 변명했지만, 사실 다 경험에서 우러난 조언이라는 건 말할 것도 없다.

"그런데 팀장님은?"

"아, 저쪽에."

말을 돌리기 위해 최재철은 현오준을 찾았다. 그러자 구문효가 손가락으로 왼쪽을 가리켰다. 지원 병력으로 와 있는 화력지원 부대의 중대장과 이야기를 나누고 있는 현오준이 보였다.

안 그래도 어보미네이션이 자주 출몰하는 이 지역의 부대원들이라 그런지 그들은 적절한 긴장감을 유지한 채 휴식을 취하며 현오준 팀을 바라보고 있었다. 지나치게 긴장하면 쉽게 지치고, 완전히 긴장이 풀어지면 유사시에 반응하지 못한다. 그런 면에서 저들은 이미 실전에 익숙한 전사들이라 할 수 있었다.

'아직도 징병제라 돈도 별로 못 받을 텐데, 잘도……'

그의 실제 나이와 비교하면 열 살 이상 더 어린 군인들을 바라보며, 최재철은 안쓰러움과 대견함을 동시에 느꼈다.

"자아, 다시 훈련을 시작하죠."

이야기를 마친 현오준이 다시 최재철과 구문효가 있는 곳으로 다가오며 말했다. 그 말을 들은 구문효의 어깨가 쳐졌다.

"네? 벌써요?"

"지친 모양이로군요. 그럼 이번에는 구문효 씨는 좀 쉬시죠. 대신 이지희 씨!"

"아, 네!"

시무룩한 표정으로 앉아 있던 이지희가 벌떡 일어나며 외쳤다.

"이지희 씨가 보조 화력을 맡아주시고, 이번에는 오연화 씨가 주 화력을 담당해 주십시오."

"네!"

"알겠어요."

이지희와 오연화가 대답하자, 현오준은 고개를 한 번 끄덕이고 이번에는 최재철을 바라보며 말했다.

"이번에는 디코이 역은 제가 맡겠습니다. 최재철 씨는 이지희 씨와 오연화 씨의 서포트를 부탁드립니다."

"알겠습니다."

최재철의 대답을 들은 현오준은 다시 한 번 고개를 끄덕이고 디코이 역을 수행하기 위해 차원 균열을 향해 걷기 시작했다.

이지희는 첫 실전을 앞두고 긴장한 기색이 역력했다. 최재철은 그런 그녀를 굳이 다독이려고 하지는 않았다. 최하급이나 하급 어보미네이션을 상대로 현오준 팀이 위기에 처할 가능성은 거의 없었다.

현오준이 멀어져 가자, 오연화가 최재철의 곁으로 다가와서 말했다.

"제 진짜 실력을 보여 드릴 기회가 왔네요! 오전에는 좀 방심한 것뿐이니까요!!"

그것도 실력이지…….

최재철은 생각했지만 말하지는 않았다. 어쨌든 S급 랭커의 능력을 일부나마 확인할 수 있는 좋은 기회다. 그러므로 그는 생각과는 완전히 다른 말을 했다.

"그럼 기대해 보죠."

마침 차원 균열 너머에서 크로코리언 한 마리가 기어 나오고 있었다. 현오준의 모습을 발견하자마자 곧장 달려드는 크로코리언을 향해 오연화가 손을 내뻗었다.

'호오.'

그 모습을 보자마자 최재철은 내심 감탄했다. 오연화가 뻗은 차원력의 덩어리는 눈에 보이지 않는 커다란 손이 되어 크로코리언의 거체를 움켜쥐었다.

'염동력 손아귀라, 과연 S급이로군.'

염동력 타입의 어벤저 스킬은 정신 집중이 필요한 탓에 기습에 약하다는 단점을 제외하면 거의 모든 상황에 대응할 수 있다.

더군다나 A급을 초월한 S급인 오연화가 지닌 차원력의 규모라면 저 보이지 않는 손으로 움켜쥔 순간, 크로코리언을 으스러뜨려 절명시킬 수도 있다.

아니나 다를까, 손아귀에 붙잡힌 크로코리언은 단말마의 비명을 내지르며 한 번 죽었다. 그 시체를 염동력의 손아귀로 움켜쥔 채, 오연화는 크로코리언의 부활을 기다렸다.

크로코리언이 되살아나자마자 그녀는 다시 주먹을 꽉 쥐었고, 염동력의 손아귀 속에서 크로코리언은 즉사했다. 다시 되살아나더라도 또다시 즉사할 건 빤했다. 최재철의 예상대로, 크로코리언은 마지막까지 오연화의 손아귀에서 벗어나지 못한 채 완전한 죽음을 맞이했다.

"어때요? 재철 님!"

"훌륭하군요."

"그렇죠? 헤헷."

"그런데 두 마리를 동시에 잡는 것도 가능한가요?"

그의 말이 끝나기도 전에 차원 균열에서 두 마리의 크로코리언이 튀어나왔다. 그 두 마리를 염동력의 손아귀로 잡아채며, 오연화가 대답했다.

"물론이죠!"

최재철도 이건 좀 놀랐다. 보통 염동력 계열의 차원 능력자는 한 점에 집중함으로써 능력을 끌어내는 경향이 있었고, 그래서 다수의 적에게 다소 무력할 수도 있었다. 하지만 오연화는 두 마리의 크로코리언을 동시에 조금 전과 같은 방식으로 처치해 보였다.

'오연화가 S급 15위였나. 그럼 이런 어벤저가 14명은 있는 건가.'

오연화의 능력은 당연히 대마법사인 김인수에 비하면 크게 못 미친다. 적어도 지금까지 보여준 능력만 따지자면 말이다. 오연화와 동급의 차원 능력자가 동시에 20명이 덤빈다고 하더라도 김인수에게는 생채기 하나 내지 못할 것이다.

그래도 이 정도가 15위라면, 10위권 내의 랭커들은 어느 정도의 능력을 지녔을까? 최재철은 입술을 핥으며 생각했다.

'아니, 아니지.'

김인수는 이계에서 이미 정점에 달했고, 그에 걸맞은 자신감을 갖고 있었다. 그렇기에 긴장감보다는 호기심과 호승심이 먼저 드는 것이 사실이었다.

하지만 그의 목적은 지구에서도 정점에 달하는 것이 아니다. S급의 랭커들을 하나씩 꺾으며 1위를 차지할 필요도, 이유도 없었다.

아니, 단순한 흥미를 이유로 친다면 그게 이유가 될지 모르지겠만 역시 우선순위는 크게 뒤쳐진다.

'그런 건 복수를 마치고 나서 생각해 보자.'

내심 진가규가 S급 1위 랭커를 고용해 줬으면 하는 마음을 슥 접어놓으며, 최재철은 다시 시선을 정면에 돌렸다. 원거리에서 염동력 펀치로 세 마리의 크로코리언을 동시에 패 죽이고 있는 오연화가 그의 시야에 들어왔다.

"어때요? 재철 님?"

능력은 확실히 대단하지만, 계속해서 칭찬을 바라는 그녀의 모습은 나이티를 벗지 못한 어린애였다.

"대단해요, 역시 S급!"

"헤헤헤……."

세 마리를 상대로 계속 염동력 펀치를 휘두르면서도 최재철의 칭찬을 듣고 헤벌쭉 웃는 걸 보니, 오연화는 아직도 전력을 다하고 있는 것 같지 않았다.

하지만 그런 오연화의 모습을 이지희는 넋을 놓은 채 바라보고 있었다. 아무래도 그녀의 능력에 압도당한 것으로도 보였다.

"나오자마자 처리해 버리시니 제가 할 일이 없네요, 연화
씨."

현오준이 곤란한 듯 웃으며 말했다. 그 목소리를 듣고 또
크로코리언 한 놈이 차원 균열에서 기어 나왔다. 현오준은 즉
시 뒤로 크게 뛰어 크로코리언을 유도하며 말했다.

"한 마리쯤은 지희 씨에게 맡겨보시죠. 원래대로라면 보조
화력 담당의 임무는 주 화력의 빈틈을 메우는 것이지만, 그냥
지켜보고 있는 것만으로는 훈련이 되질 않으니까요."

"아, 네!"

이지희가 화들짝 놀라 손을 들었다. 그녀의 손가락 끝에 차
원력이 모여들었다. 이윽고 그녀의 손끝에서 굵직한 번개 한
줄기가 뻗어 나왔다. 번개는 곧장 크로코리언을 덮쳤다.

"크르렁!"

번개를 맞은 크로코리언은 큰 타격을 받고 움직임을 멈췄
다. 그러나 죽지는 않았다.

"쏴! 다시!!"

최재철의 외침에 화들짝 놀란 이지희가 다시 손가락을 쳐
들었다. 충격에서 회복한 크로코리언이 이지희를 향해 똑바로
달려들고 있었다.

"꺄악!"

이지희가 비명을 지르며 번개를 쏘았다. 하지만 상당히 당황한 듯 그 번개는 빗나가고 말았다.

그 빈틈을 타 달려든 크로코리언의 악어 같은 입이 쩌억 벌어져 이지희의 머리를 노렸다.

『귀환해서 복수한다』 2권에 계속…

초대형 24시 만화방

신간 100%, 샤워실, 흡연실, 수면실(침대석), 커플석, 세탁기 완비

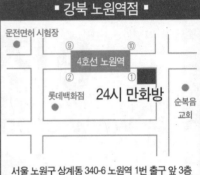
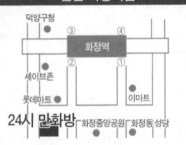
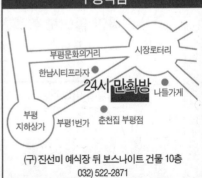

paráclito

빠라끌리또

FUSION FANTASTIC STORY

가프 장편소설

막장 비리 검사가
최고의 검사로 거듭나기까지!
그에겐 비밀스러운 친구가 있었다.

『빠라끌리또』

운명의 동반자가 된 '빠라끌리또'가 던진 한마디.

−밍글라바(안녕하세요)!

그 한마디는 막장 비리 검사, 송승우의
모든 것을 통째로 리뉴얼시켜 버렸다.

빠라끌리또=Helper, 협력자, 성령.

Book Publishing CHUNGEORAM

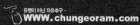

유행이 아닌 자유추구 −
WWW.chungeoram.com

이계진입 리로디드

임경배 퓨전 판타지 소설

FUSION FANTASTIC STORY

『권왕전생』 임경배의 2015년 신작!

『이계진입 리로디드』

**왕의 심장이 불타 사라질 때,
현세의 운명을 초월한 존재가 이 땅에 강림하리라!**

폭군으로부터 이세계를 구원한 지구인 소년 성시한.
부와 명예, 아름다운 연인…
해피엔딩으로 이야기는 끝인 줄 알았건만
그 대가는 지구로의 무참한 추방이었다.
그리고 10년 후……

"내가 돌아왔다! 이 개자식들아!"

한 번 세상을 구한 영웅의 이계 '재'진입 이야기!

Book Publishing CHUNGEORAM

유행이 아닌 자유추구 -
WWW. chungeoram.com

강준현 장편소설
FUSION FANTASTIC STORY

인생을 바꿔라

『복수의 길』, 『개척자』 강준현 작가의
2016년 신작!

자신이 무엇인지 알지 못하는 정신체, 염.
세상을 떠돌며 사람의 몸속으로 들어가
에너지를 얻고 나오길 반복하던 어느 날.

사고로 인한 하반신 마비, 애인의 이별 선언,
삶에 지쳐 자살하려는 김철의 몸에 들어가게 되는데……

"뭐, 뭐야! 아직도 못 벗어났단 말이야?"

새로운 삶을 살리라,
정처 없이 떠돌던 그의 인생 개척이 시작된다!

"어떤 삶인지 궁금하다고? 그럼 한번 따라와 봐."

Book Publishing CHUNGEORAM

유행이 아닌 자유추구 -
WWW.chungeoram.com